UMA NOITE EM CURITIBA

Cristovão Tezza

UMA NOITE
EM CURITIBA

2ª edição, revista

EDITORA RECORD
RIO DE JANEIRO • SÃO PAULO

2014

Cip-Brasil. Catalogação na publicação
Sindicato Nacional dos Editores de Livros, RJ.

T339u   Tezza, Cristovão, 1952-
2.ed.   Uma noite em Curitiba / Cristovão Tezza.
           – 2. ed. rev. e ampliada. – Rio de Janeiro :
           Record, 2014.

           ISBN 978-85-01-40431-2

             1. Romance brasileiro. I. Título.

                         CDD 869.93
13-07515   CDU 821.134.3(81)-3

Copyright © by Cristovão Tezza, 1995, 2014

Projeto gráfico: Regina Ferraz

Texto revisado segundo o novo Acordo Ortográfico da Língua Portuguesa.

Todos os direitos reservados. Proibida a reprodução, armazenamento ou transmissão de partes deste livro, através de quaisquer meios, sem prévia autorização por escrito.

Direitos exclusivos desta edição reservados pela
EDITORA RECORD LTDA.
Rua Argentina, 171 – Rio de Janeiro, RJ – 20921-380 – Tel.: 2585-2000

Impresso no Brasil

ISBN 978-85-01-40431-2

Seja um leitor preferencial Record.
Cadastre-se e receba informações sobre
nossos lançamentos e nossas promoções.

Atendimento e venda direta ao leitor:
mdireto@record.com.br ou (21) 2585-2002.   **EDITORA AFILIADA**

Prefácio à segunda edição

Escrevi *Uma noite em Curitiba* em março e abril de 1994 — de trabalho mesmo, foram exatos quarenta dias —, refugiado numa casa antiga típica da Nova Inglaterra ao norte do estado de Nova York, a alguns quilômetros de um vilarejo chamado Ghent, no meio de nada e debaixo de neve. Nos últimos dias, livro já terminado, a neve começou a derreter e a paisagem foi ficando verde — pela primeira vez na vida entendi o sentido concreto das estações do ano, a sua estranha regularidade dia a dia, inacessível à maioria dos brasileiros. Estava lá a convite da ART/OMI, uma fundação americana que mantém um programa de hospedagem de escritores, chamado Ledig House. O projeto começara no ano anterior e as coisas ainda estavam por se organizar. Havia um espírito quase caseiro de atendimento que acabou por se revelar interessante, com algumas breves tensões, normais em qualquer convivência prolongada em pouco espaço — mas nada que fizesse da experiência um roteiro de Agatha Christie, com algum escritor misteriosamente assassinado, embora o cenário fosse convidativo. Era pouca gente. Além deste brasileiro, participavam um alemão (Helmut Frielinghaus), um eslovaco (Martin Simecka) e uma americana (Sarah Dunn). O casal Elaine Smollin (americana) e Saulius Sruogis (lituano) cuidava da infraestrutura.

Do meu amplo quarto no segundo andar eu via a neve, uma estrada vicinal adiante por onde duas vezes ao dia passava um ônibus escolar amarelo, raros carros, e às vezes a camionete do correio, que deixava numa caixa típica prestes a despencar as cartas que eu esperava com alguma ansiedade. Eu era sempre o primeiro a conferir se navia correspondência. (Na primeira semana instalaram um computador no escritório da casa, onde digitei meu manuscrito no final da estada, mas não havia internet e ninguém falava ainda em e-mail.) A calefação eficiente dava um certo ar de aquário àquela vida — de bermudas e camiseta, eu contemplava a neve lá fora e eventualmente esquilos e veados. Exceto por duas viagens rápidas a Nova York e alguns passeios de carro às redondezas, promovidos por Elaine e Saulius — jogar snooker, visitar antiquários, passear às margens do rio Hudson, assistir a filmes, ir até Ghent comprar alguma coisa ou levar meus negativos para revelar —, vivi uma rotina fechada de segunda a sábado, em que eu fumava um maço e meio de cigarros por dia, contemplava o céu pela janela e escrevia *Uma noite em Curitiba*.

No meu caderninho de anotações escrevi nos primeiros dias: "Ainda não consegui 'entrar' no romance." Dois dias depois: "O livro está avançando com alguma dificuldade. Neva sem parar." Adiante: "Mais um capítulo do livro completado. Parece que está bom, mas ainda não tenho a visão do conjunto." No dia 9 de março encontro uma nota engraçada: "Nevando, novamente. Fotos ao ar livre. Subi numa árvore. O romance tomou fôlego. À noite: *The Deer Hunter*. [Eventualmente assistíamos a filmes em VHS numa televisão que ficava a dois quilômetros dali, na casa de campo do presidente da Fundação.] Um belo panfleto. Jantar pavoroso: macarrão com berinjela. Tudo vai bem." Alguns dias depois: "Sol.

Uma manhã agradável. Parece que a primavera vem chegando. Duas páginas e meia do romance. Gostei. Mas estou cada vez mais incerto sobre o rumo dele. Vamos ver." Enfim, anotei em 15 de março: "O livro 'pegou'. Tenho passado o tempo todo no quarto, lendo e escrevendo. Acho que achei meu rumo." No dia 18, um surto de otimismo: "O livro vai indo bem. Ontem escrevi a melhor página do livro, o filho contemplando a mãe na fila do cine Luz. Já vejo boa parte do final do romance. Leitura: *The Defense*, by Nabokov. É extraordinário!" Aliás, esse livro me sugeriu a cena final da janela, quando enfim fechei o malfadado destino do professor Rennon.

O engraçado é que passei dois meses a oito mil quilômetros de distância da minha cidade e escrevi exclusivamente sobre Curitiba — levei meu espaço comigo. Olhava para fora, contemplava um esquilo, via o azul frio do céu, e na mesa retornava à rua Dr. Faivre, pegava o elevador da Reitoria com Frederico Rennon, tomava um chope no Stuart, escrevia comentários sobre o pai com a cabeça vingativa do filho, ia ao cinema da Santos Andrade, revivia a paixão literária do professor e inventava-lhe uma velha culpa. Lembro que, numa tarde, olhei pela janela e alguma coisa que eu vi — não me lembro o quê — subitamente me inspirou, e corri ao texto para escrever. Foi o único momento em que a neve entrou no livro. Tentei reencontrar este instante no romance, como um talismã, mas não achei mais.

A rotina era simples. Acordava em torno das oito horas, tomava um banho e descia para o café da manhã. Comia um pão com manteiga e um prato bastante generoso de sucrilhos com leite. Foi um período de engorda. Subia para o quarto e começava a trabalhar. Aquilo ia até três horas da tarde, quando eu fazia outro lanche. Custei a me acostumar com a ausência do nosso almoço tradicional. (Das anotações:

"Estranheza: a falta de horário. Não há almoço 'regular'. Ninguém explica muito as coisas, vou adivinhando. Algumas angústias pequenas.")

Em nenhum outro momento da minha vida escrevi tão seguidamente todos os dias. Quando cansava de escrever, lia. Havia uma pequena biblioteca na casa, com uma lareira — fora do quarto, era o único lugar em que se permitia fumar. Só a periferia do mundo civilizado fumava: o brasileiro e o eslovaco. A restrição agressiva ao fumo — que começava a ficar cada vez mais visível naqueles anos — ainda era nova para mim. Logo no primeiro dia, lembro o choque que levei depois do jantar (havia todas as noites um jantar formal na grande cozinha da casa), ao acender distraído o cigarro e me ver fuzilado por olhares de reprovação. Numa rápida e bem-sucedida manobra de geopolítica, eu e o eslovaco, acuados, propusemos a biblioteca como espaço livre destinado aos fumantes. Às vezes eu saía para fumar andando em torno da casa, enterrando cuidadosamente as xepas na neve. Quando ela começou a derreter, repeti também cuidadosamente os mesmos percursos, agora para recolher do chão os sinais expostos da minha vergonha.

Numa pesquisa rápida na internet, descubro que Martin Simecka, que já tinha um livro traduzido nos Estados Unidos, *The Year of the Frog*, tornou-se jornalista na Eslováquia, o que faz sentido — ele falava muito sobre política internacional, que parecia estar no centro de sua vida. Conversando com ele, tive pela primeira vez uma noção mais densa do que foi o terror soviético; seu pai havia sido um filósofo perseguido pelo regime. E Sarah Dunn, com quem conversei muito pouco, passava o dia inteiro trancada no seu pequeno quarto (o tamanho dos quartos correspondia à idade dos escritores — ela era a mais jovem), escrevendo o que seria seu primeiro livro, *Official Slacker Handbook*. Hoje ela é autora de romances românticos de algum sucesso, e tem títulos traduzidos no Brasil.

Helmut Frielinghaus não era exatamente um escritor — era tradutor, e o agente e editor literário de Günter Grass (que ganharia o prêmio Nobel em 1999), a quem ele mandava faxes extensos com anotações sobre os originais do livro que finalizava. Uma simpatia discreta, e, biograficamente, uma ligação antiga com o editor alemão Heinrich Maria Ledig-Rowohlt, que deu o nome à casa, somada a uma convivência episódica com alguns dos maiores escritores do mundo, faziam de Helmut um ótimo parceiro de conversa. Além disso, detalhe importante, meu péssimo inglês era ouvido sempre com benevolência e paciência por Helmut, ao mesmo tempo que eu compreendia perfeitamente o inglês de estrangeiro dele. Já no dia 2 de março, anotei no caderno: "Não consigo falar um inglês que preste, menos ainda entender. (...) O xis da questão: *estou sem linguagem*. É difícil." Lembro de uma vez em que eu preparava distraído alguma coisa na cozinha e, quando Helmut entrou, passei a falar com ele animadamente em português, como se fosse um velho conterrâneo, sem me dar conta, até perceber e me desculpar. Ele respondeu sorrindo em espanhol, escolhendo cuidadoso as palavras, algo como "continue, continue, é agradável ouvir uma língua latina".

Helmut era um homem simples, introspectivo, com um toque melancólico, e vestia-se sempre de preto, num despojamento calvinista. Imagino que ele teria entre 50 e 60 anos. Se alguém tivesse de adivinhar qual sua profissão, a primeira coisa que viria à cabeça seria a imagem de um pastor protestante. Logo na primeira semana ele bateu no meu quarto às cinco da tarde, propondo uma caminhada, o que iríamos fazer dali em diante quase todos os dias. Saíamos encapotados para seguir as estradinhas das redondezas e conversar sobre literatura. Eu levava minha máquina — uma Olympus OM-1 — e praticava fotografia, e ele contava histórias. Hoje lamento não ter tido algum espírito de jornalista naquelas caminhadas, para perguntar mais e (principalmente) anotar nossas conversas. Uma delas eu registrei: "O livro está bom, está vivo! À tarde, saí para uma caminhada com Mister Helmut, quando falamos mal de todo mundo. Fez bem.") Eventualmente íamos a uma biblioteca pública de uma cidadezinha próxima, e trocávamos sugestões. Passei a ele uma coletânea de contos de Dalton Trevisan (*The Vampire of Curitiba and other stories*) e ele me sugeriu *The Fixer*, de Bernard Malamud.

Às vezes eu lhe falava de Carlos Drummond de Andrade, tentando traduzir com meu inglês estropiado alguns versos marcantes, como os do "Poema de sete faces"; e ele falava de Günter Grass, de quem eu então conhecia apenas o célebre *O tambor*. De volta ao Brasil, cheguei a trocar com Helmut duas ou três cartas e perdemos contato. Mas sempre guardei comigo a boa lembrança de nossa breve amizade.

Um inesperado e-mail de Elaine e Saulius, que há muitos anos não estão mais em Ledig House, me informa que Helmut morreu em janeiro de 2012 — e um link da internet me levava ao texto-poema que Grass publicou no *New York Review of Books* em memória de seu editor, "Words in Farewell". Os versos relembram ao final que estavam "sempre lutando para decidir entre uma vírgula e um ponto e vírgula, decisão que, assim imaginavam, coloca o mundo em movimento".

Recebi de Helmut o mais divertido — e provavelmente o melhor — conselho literário que jamais ouvi na vida. Descendo para o lanche da tarde, contei a ele que, num ato de coragem, havia cortado fora o primeiro capítulo do meu livro (do qual ele não sabia absolutamente nada). Ele me disse, sério:

— Fez muito bem. Todo livro deveria começar na página 30.

O que me lembra que é hora de encerrar este prólogo.

C.T.

Escrevo este livro por dinheiro. É melhor dizer logo na primeira linha o que a cidade inteira vai repetir quando o meu pai voltar a ser notícia, agora em forma de livro, o que é um pouco mais respeitável — mas não muito. Bem, nada a perder; a imprensa se encarregou de destruí-lo antes de mim. Uma foto indiscreta na revista e o porteiro já arrota superioridade — eu que abra sozinho a porta do elevador e que o diabo carregue o pacote do supermercado! É a tal democracia, que o velho sempre prezou. Eu também, é claro. O direito de dizer as coisas. Mesmo assim, posso imaginar a dupla condenação moral, as cabeças balançando de horror, *o próprio filho!? Inacreditável!*

Inacreditável é o meu pai. Mas que seja ele a vítima, pelo menos por enquanto, só para eu começar de alguma parte. Pelo lado bom, vamos dizer assim. Como se pessoas fossem tábuas.

O meu pai é um homem que passou cinquenta anos polindo a própria estátua, caprichoso nos detalhes do bronze, dos cabelos imóveis simulando um vento imaginário no meio da praça, onde ele elabora sua elegância em passadas tão bem medidas que parecem casuais. Um homem quase esportivo. Quem diria! O nó da gravata, o terno do paletó sempre aberto com o fino colete fazendo o sobretom de uma superioridade natural, verdadeira, autêntica, distraída, a barriga incipiente, tudo nele revelando o homem abstrato na caverna de Platão: o mundo das ideias, da História, mas com os pés suavemente no chão, dentro de sapatos de cromo que nem parecem tão bons tal a naturalidade com que são usados!

E que cabeça! Perguntem a qualquer um que tenha apertado aquela mão segura, firme, discretamente generosa no toque, sob a bonomia de um olhar que atrai pelo equilíbrio entre a pontinha de timidez e o desejo de verdadeiramente receber o mundo dos outros. Ele tem no olhar — no olhar, na testa, na postura, no coração, eu diria — aquela qualidade que não se encontra mais em lugar nenhum do mundo, como disse o amigo Otávio: *Seu pai tem generosidade intelectual.*

Generosidade — isso é uma dádiva. O teatro é um talento diabólico. Vejo agora, à distância, com a clareza sem máscara (como queria meu pai) e não com ressentimento (como pode parecer à primeira vista), o que foi o duro trabalho de burilar a própria forma ao longo dos anos. E ele conseguiu! Com tamanha perfeição, que só mesmo o próprio filho, o cúmplice nato, pode reconhecer as emendas, o buraco, a costura frouxa entre a alma e o gesto. Há quem separe as coisas: Fulano é boa pessoa, *mas...* — e vem o rosário dos defeitos.

Sigo o método paterno: eu não separo nada de coisa alguma, o que me dá essa nitidez vagamente assustadora dos terrenos vazios. A imagem é apropriada: afinal, eu e Fernanda estamos começando do zero. Que falem mal do filho, como falaram mal do pai. As pessoas, todas elas, sentem um prazer não tão secreto em diminuir os outros. Sem isso, que tamanho teríamos? Além do mais, reconheço que nunca fui um exemplo de elegância. Fernanda diz que eu exagero. Talvez, mas é porque não tenho o mínimo interesse em virar estátua. Aliás, é só ver uma estátua e já fantasio um modo de derrubá-la; elas são sempre mentirosas.

Vamos ao meu pai. Vocês pagaram pelo livro e têm pressa.

Professor Rennon: um homem conhecido pelo sobrenome, o mesmo sobrenome que, em algum momento da vida, meu pai decidiu descender, por hipótese, de uns remotos Renault — aqueles, dos motores famosos, sabem? Ahahahah! —, que aportaram na *Terra Brasilis* muito provavelmente na esquadra de Villegaignon, em torno de 1557 (e meu pai franzia a testa, a dúvida sincera do historiador: *ou teria sido 1555?*), para proteger protestantes franceses, no projeto da França Antártica. Mas não é impossível — e ele balançava o indicador, não repressivo, mas academicamente justo, todo detalhe merece investigação, *não é impossível que esse longínquo Renault tenha desembarcado em São Luís, entre católicos enviados pela Rainha Médici, no início do século XVII*. A dúvida persiste: há indícios, e registros parcialmente confiáveis, Renaul e Renaut, corroborando as duas alternativas. Em qualquer caso — e lá vinha a risada simpática, desarmante, generosa, avessa à retórica e à pose —, em qualquer caso o escrivão dos filhos, netos, bisnetos, tataranetos foi se encarregando de reduzir a empáfia dos hipotéticos Renault à ignorância dos Rennon, ficando lá o *n* dobrado como um farelinho filológico de alguma perdida nobreza.

Mas que não pensassem os comensais que a alusão ao sangue, digamos, azul, no mínimo francês, que a pesquisa só descobriu depois dos quarenta e tantos, quando se tornou Professor Titular da Universidade, não pensassem os convivas que o meu pai faria praça deste detalhe ridículo — porque em seguida ele lembraria o quanto os negros, os índios, os cafuzos, os mestiços, os desclassificados da Tropicália se esmeraram em melhorar a estirpe da família em cruzamentos frequentemente heterodoxos, como um certo padre Rennor, de Minas, no século passado, que não se avexou em registrar treze filhos! E meu pai quase que se engasga no salgadinho de tanto rir!

— Essas histórias de família é melhor não investigar! — completava divertido o professor Renault.

De fato, é melhor não investigar, mas não me resta escolha.

Começo praticamente pelo fim, vendo o professor Rennon no hall do Edifício Dom Pedro II, o templo das Ciências Humanas da Universidade, aguardando o elevador como quem espera um tílburi real, cumprimentando em volta seus eventuais pupilos e colegas, às dez horas da manhã, um sorriso no rosto, tanto pelos cumprimentos como (principalmente) pela ideia que lhe vai na cabeça para apresentar à reunião do Centro que começará em poucos minutos.

Pensem: meu pai tem 51 anos. É um homem bonito, bem tratado, maduro, um cidadão de uma classe média diligente e econômica (mas que, é verdade, nunca sai do lugar), um tanto vaidoso mas consciente da vaidade, o que faz muita diferença; um homem, digamos, satisfeito; um homem que não tem nada contra o prazer, porque nunca pensou nele; a ideia de prazer não se localiza em nenhuma atividade específica. Em suma: viver, para ele, até então não ocupava espaço. Isso tem um preço, é claro, mas ao longo dos anos nunca ninguém lhe apresentou a conta — daí aquele olhar tranquilo acompanhando a luzinha do elevador descendo os andares. A essa altura da vida, meu pai vê seu nome impresso no cabeçalho de alguns importantes suplementos culturais do país, com alguma frequência. O abnegado professor de tantos anos vai se transformando em referência bibliográfica obrigatória, uma notinha aqui, uma notícia ali, e eis que temos uma pequena celebridade acadêmica, mais ou menos do tamanho da cidade, o que é razoável. Ali, a poucos metros, saudável — ele nunca fumou — e feliz, esperando o elevador.

Vejam agora os outros lados. O primeiro deles é a prosaica dona Margarida, minha mãe, de 42 anos. Há vinte e três, desde que eu nasci, dona Margarida cuida do professor Rennon — e nunca mais fez nada na existência além de contratar diaristas, mandar consertar a máquina de lavar roupa, arrumar a mala com as roupas do professor quando ele vai a algum simpósio na USP, assistir televisão e a um ou outro cineminha, acompanhar o marido nos encontros anuais da Associação dos Professores (onde o professor é sempre lembrado e autodescartado com um sorriso, como um ótimo *tertius* nas sucessões da Reitoria) e... e o que mais? Preocupar-se silenciosamente com os descaminhos do filho e se queixar eventualmente de uma dorzinha que da coluna às vezes se espalha pelo peito, bem aqui.

O segundo lado sou eu. Já no segundo grau apresentei defeitos psicológicos, que, analisando friamente, acabaram se transformando numa certa predisposição, talvez inata, a fazer tudo errado. Aquela história: teus filhos não são teus filhos, etc. Vocês conhecem o refrão. Assim, meu pai, completamente absorvido no seu interminável trabalho acadêmico, abanou as mãos inúteis quando eu tentei encurtar caminho vendendo pó para os ricos e maconha para os pobres, pisei em falso e destruí o carro da minha mãe. Ficou um pedacinho de platina no meu cérebro. Um começo, digamos, triunfal.

Mas não estou acusando ninguém: acho que meu pai não teve nada a ver com isso. Com outros azares, sim. Os dele.

Há um terceiro e obscuro lado da vida paterna: minha irmã. (Pensando bem, um homem sem sorte, esse meu pai: talvez todos pensem assim — o professor Rennon, essa alma boníssima, decididamente não merecia a família que tem! O que, vendo-se do avesso, é um álibi exato: quem não seria perfeito com filhos incompletos assim?) Minha irmã, a caçula, fugiu de casa aos 17 anos mal feitos com um revendedor de carros usados, levando alguns dólares da gaveta do escritório — o velho sempre foi tão distraído com essas coisas! E um homem bom: nem chamou a polícia nem nada, contentando-se com o bilhete da menina: *vou casar, volto logo*. De fato, voltou casada, sem o marido, um ano e meio depois, com um nariz quebrado e um bebê de colo. A casa ficou agitada por algum tempo, o bebê chorava muito, minha irmã tinha crises de alheamento, a mãe crises nervosas, e o pai ficava até onze da noite na Universidade, no seu gabinete, desenvolvendo um trabalho demorado sobre a escravatura brasileira. Mas pouco depois a ovelha negríssima desapareceu para sempre com o único neto e com um ser barbudo que tocava violão — e até hoje ouço o eco daquele suspiro secreto de alívio. Que fazer? Quanto a mim...

O elevador chegou. Meu pai entra nele absorto, já redigindo mentalmente o ofício que irá ditar à secretária. A ideia, de fato, é muito boa, e pode resolver o impasse de uma ou outra desistência de conferencistas para participar do evento cultural que ele organiza. E pode ser também — mas isso por enquanto é mais uma vaga intuição que ele sente, talvez não tão vaga quanto ele pensava — uma espécie de renascimento, uma sobrevida, como tantas sobrevidas que meu pai teve ao longo de suas desgraças, saindo delas tão liso e elegante quanto o herói de um filme de pastelão, limpíssimo e sorridente no meio de tortas voando. Nenhum respingo! Além do mais, minha mãe... mas deixemos de lado dona Margarida, que está engordando, e a maldita coluna com faíscas de dor e...

Bem, leiam vocês mesmos o primeiro documento.

CONVIT.DOC

Ilma. Srta.
Sara Donavan etc.

O Centro de Est. etc. etc... está promovendo um Ciclo de Palestras e Debates sob o tema *Literatura e Cinema no Brasil* (ou: Cinema e Literatura no Brasil? — Otávio), a ser realizado em etc. entre os dias 5 e 10 de out. etc., com a participação integrada de escritores, diretores e atores representativos do país.

Como V. Sa., além de ser um dos nomes mais significativos do teatro contemporâneo brasileiro, teve participação destacada, detentora de vários prêmios, em dois filmes baseados em obras do Romantismo Brasileiro — *As minas de prata* e *Senhora* —, ambos dirigidos por José Manuel de Macedo, que já confirmou pres. etc., o Cent. etc. sentir-se-á extremamente honrado se puder contar com sua inestimável participação.

A Un. etc. fornecerá estadia etc. etc. etc. além de um prólabore etc. pela Fund. etc., copatrocinadora, etc.

O Centro desde já agrad. etc. no sentido de dar uma resposta até o dia 30 do cor. para o endereço ou telefone abaixo, de modo a haver tempo hábil etc. (cartazes; material de divulg.)

Sempre ao seu dispor, etc.

Prof. Dr. Frederico Rennon etc.

Extraordinária participação especial; extremamente honrado; inestimável participação. Sou um homem de poucas letras, mas de letras: a sombra do meu pai me deixou marcas e até um certo estilo, como vocês vão perceber. Estudante relapso, perigo social, filho ingrato e até *monstro*, eu aceito, como certamente serei chamado quando o caso de novo vier à tona. Mas nenhuma dessas qualidades avessas me tirou um certo faro, o suficiente para reconhecer que o redator daquele rascunho estava um pouco, digamos, *afoito*.

Comparem: na mesma manhã outro ofício foi redigido a alguém de substância igualmente importante, o diretor de cinema José Manuel de Macedo, nome respeitado em vários festivais. Pois não mereceu nenhum adjetivo no meio do convite discreto e até um tanto seco.

Era o que eu dizia quando me interrompi: meu pai tem meio século, a mulher ficando velha, os filhos... bem. Eu já contei. A combustão da atividade acadêmica começa naturalmente a dar seus sinais de cansaço; uma alergia misteriosa se manifesta diante dos alfarrábios do século passado, uma certa impaciência nervosa interrompe a leitura daquela chatice bibliográfica, aquelas revistas universitárias que ninguém lê — mas meu pai lia. Subitamente há clarões de terror, suponho, no meio de uma página inútil sobre a colonização de

Morretes, um terror que ultrapassa o objeto e agarra o pescoço do sujeito, inexplicavelmente sem ar depois de cinco décadas. Não terá sido uma desistência, uma sensação de fracasso; antes uma entrega engenhosa, um afrouxamento útil das amarras, pois o nome Rennon já existia com autonomia suficiente para sobreviver por simples inércia. O nome: mas o corpo não tem a mesma longevidade. (Eu só quero uma única coisa: entender objetivamente o meu pai — o que, aliás, foi a ideia básica que a Fernanda teve.)

Uma fatalidade o que aconteceu, todos dizem — mas uma fatalidade quase premeditada. E vamos aos fatos, ou acabo passando por moralista, um papel ainda pior que o do canalha.

No dia 7 de agosto de 1993, um sábado, alguém telefonou para a nossa casa, a cobrar, perguntando pelo doutor Rennon.

— É de São Paulo! Desculpe ligar a cobrar. É que estou num telefone público. — Mentira: eu ouvia a televisão ligada no mesmo programa que minha mãe assistia no quarto. Diante do meu silêncio intrigado (por um momento pensei que fosse o fantasma da minha irmã), ela acrescentou, já sem a mesma segurança: — É... é a respeito de uma conferência na Universidade. — Repetiu, para que eu soubesse bem com quem eu estava falando: — Sara. Sara Donovan! Eu sou atriz. — Um absurdo que eu não conhecesse Sara Donovan! E diante da minha teimosa mudez, ela irritou-se um tantinho: — O doutor Rennon me conhece! Alô? Você está ouvindo?!

Sem responder, levei devagar o telefone sem fio até o escritório do meu pai (talvez ela desligasse no caminho) e lhe entreguei sem dizer nada. Estávamos tensos neste sábado — durante o almoço, ele ficou dando voltas retóricas com o único objetivo de me acuar. Em outras palavras: o que faz um homem feito como eu, barbado, girar inutilmente dentro de casa, ocupando um espaço que não mais lhe pertence? É verdade que meu pai sempre foi agressivo de uma maneira delicada; uma violência didática, dividida em itens, diagramada no quadro-negro. Dona Margarida, que mais do que eu odeia confrontos, sofre muito nessas exposições laterais, tangentes, irritantes, inúteis.

— Sara? Sara! Como está você, menina? — e fez um sinal irritadiço para que eu saísse fechando a porta. Ainda ouvi:

E você, o que anda fazendo?

É fácil descobrir o que Sara Donovan estava fazendo em São Paulo naquele agosto. Basta abrir um jornal da época e ler as indicações de teatro. Duas estrelas para *Os tesouros de Madalena*, uma comédia de situação engraçadinha que, graças a Sara e outros dois atores de televisão, estava levando multidões ao teatro. De fato: quando a peça veio a Curitiba, eu era um dos milhares que lotaram o Guairão — eu lá no fundo, meu pai lá na frente — para se divertir com Sara Donovan.

Sara, a *menina*, beirava os 50 anos. Mas, por uma dessas mágicas do palco, parecia muito mais adequada para mim, aos vinte e poucos, que aos severos 51 de meu pai. Lépidos 51. Quando a peça acabou, mal a plateia se levantava sorridente e feliz com a água com açúcar que havia engolido, meu pai atropelava o palco vazio e escuro para desaparecer nos bastidores, passando direto das intrincadas relações sociais do século XIX ao castelo de isopor das fadas de Walt Disney. O castelo eram os camarins do teatro, em poucos minutos cheios de gente embasbacada pelos personagens de televisão.

Fui atrás — bem atrás — do meu pai, mãos no bolso, sofrendo uma pontinha de ressentimento por me sentir incapaz de compartilhar daquela alegria inexplicável, todo mundo de boca aberta, até que, empurrado e esmagado pelos outros, me afunilei diante da porta onde a extraordinária Sara

Donovan, a Estrela, praticamente nua sob um coulant negro, surgiu abrindo os braços e os belos dentes ao tímido professor Rennon:

— Frederico, meu amor!

E enterrou-se nele, toda garras; uma entrega tão solta que vivi na alma, a um passo do velho, o desconcerto incômodo de quem há muito tempo não pensava nisso — isto é, naquela sensação de passagem livre entre um ser e outro. Os fãs menos votados acotovelaram-se meio metro para trás, em respeito à presença luminosa da Estrela e ao seu derramamento afetivo.

Senti um certo prazer em flagrar o professor tão desajeitadamente fora de sua órbita, e mais ainda quando a grande Sara Donovan arregalou os olhos em minha direção, à sombra do meu pai:

— Mas não me diga que esse homenzarrão que é a tua cara é o teu filho?!

O susto do velho! Balbuciou um *não, ele não pôde vir e...* e só então acompanhou o olhar da Estrela por sobre o ombro até me descobrir, igualmente desajeitado, exatamente no escuro, um professor Rennon idêntico, trinta anos mais novo, no limbo, à espera. A alegria dele tropeçou.

— Filho?! Então você veio?! Essa é... a Sara... eu...

As mãos quentes da Estrela largaram o corpo desconjuntado do meu pai e acolheram em concha, carinhosamente, a mão fria que estendi. (Mas havia alguma coisa errada no meu olhar, porque o sorriso da Estrela murchou.) Eu disse, tapando o buraco:

— Parabéns. — E ergui o braço, sem assunto. — Pela peça, quero dizer. Muito boa.

Mas a atriz não se perdia: elas têm técnica. O sorriso voltou do nada, brilhante: a mão esquerda segurava o braço do pai, a direita o cotovelo do filho. A voz, rouca e atraente, falava:

— Pois que garotão! A cara do pai! Você sabia que eu conheço esse senhor aqui há mais de vinte anos? Você nem era nascido! Então? Vai jantar com a gente?

Era só uma frase, não um convite, mas meu pai ergueu a mão:

— Ele não pode, Sara. — A voz mudava: — Aliás, nem devia ter vindo hoje, a Margarida não está bem. — E para mim, severo, a entonação falsa: — Você deixou tua mãe sozinha?!

Senti vergonha. Quer dizer, *eu* senti vergonha, e o instinto me fez recuar. Não completamente: das sombras da praça Santos Andrade, duas horas depois (os atores não têm horário, a vida é uma atividade ininterrupta, e eu ali, idiota, aguardando), vi o casal surgindo do escuro e pegando um táxi. Um casal animado: parecia que eles desejavam se tocar enquanto davam as passadas lentas de quem não tem interesse no tempo, falando muito, muito mais do que é possível se dizer em quatro ou cinco minutos; e então o elegante professor Rennon, descendente no tronco mais ilustre dos motores Renault, abriu a porta do táxi para que Sara Donovan entrasse primeiro, acompanhando a gentileza com uma curvatura de coluna e um gesto de braço de um marquês na Corte que eu jamais tinha visto meu pai fazer na vida.

Reconheço que avaliei mal aquela primeira noite, talvez sob a impressão ainda forte que vivi no camarim. O professor Rennon não foi a nenhum motel com sua estrela, como me parecia óbvio, mas a um prosaico restaurante, conforme vocês lerão na carta que se segue e de acordo com a hora familiar em que chegou em casa. Só para não dizer que eu estava completamente errado na minha intuição defensiva, lembro que o texto gagueja um pouco — confiram —, o que não era normal para o professor, esse estilista da História.

A propósito: por questão de método, decidimos, Fernanda e eu, transcrever integralmente todas as cartas, intercalando-as aqui e ali, sempre que necessário, com fatos e comentários que esclareçam as circunstâncias do momento. A transcrição integral pode se revelar um pouco enfadonha, porque algumas cartas são muito longas. Mas qualquer seleção de trechos que fizéssemos seria ainda mais mal interpretada do que com certeza já será a leitura completa. E Fernanda relembra que do ponto de vista acadêmico — ela é mais técnica do que eu — o texto original do meu pai é obviamente a parte mais importante deste livro.

Carta 1

Curitiba, 22 de agosto de 1993.

Sara, minha prezada:

Escrevo para agradecer a você a presteza com que você se prontificou a reorganizar seus compromissos de modo a participar do ciclo de palestras. Já recebemos seu ofício apresentando sua disponibilidade e as datas possíveis. Queremos agradecer também a sua disposição em aceitar o "pró-labore" praticamente simbólico. Mas você naturalmente compreende o estado de indigência em que se encontra a Universidade brasileira, depois do esforço empreendido por sucessivos governos para destruí-la. Para você ter uma ideia, até o xerox está sendo pago com dinheiro da equipe de trabalho. Continua o esforço subterrâneo para privatizá-la de vez. Bem, como querem privatizar tudo (o que em muitos casos é urgentíssimo, reconheço), colocam a educação no mesmo plano. Mas penso que já conversamos sobre isso durante aquele jantar agradável no Tortuga. (E você, se me permite a brincadeira, já se livrou em definitivo da "canga" acadêmica ao trocar o curso de Psicologia pelo palco...)

Mas vamos ao que interessa: o ciclo de palestras. Pensamos em reservar o dia 6 de outubro (quarta-feira) para *As minas de prata* e o dia 8 (sexta) para *Senhora*. Está bom assim? São datas que estão dentro da sua semana livre. Além disso, se você concordar, você poderia participar da mesa-redonda no dia 7 sobre a crise do cinema nacional (um único filme brasileiro no Festival de Gramado este ano!), se isso não significar abuso de sua boa vontade... E não haverá problema nenhum se você quiser ficar em Curitiba até domingo — o gerente do hotel já se prontificou a ceder uma suíte durante toda a semana, se desejar. Como você me disse que tem paixão pela cidade — o que, para um curitibano, é sempre lisonjeiro —, é bem possível que você concorde. Não se preocupe, é claro, com condução. Estou lutando para que a Fundação coloque um carro à disposição do Ciclo. Eu poderia ser seu motorista, se soubesse dirigir! (Já me disseram que não se deve confiar em ninguém que nunca conseguiu tirar uma carteira de habilitação, mas não creio que você seja tão supersticiosa...)

Você pode me dar a resposta escrevendo para meu endereço residencial — é mais garantido. Ou, se preferir, telefone, a cobrar mesmo, à noite. Está certo?

Um abraço cordial e até mais.

F. Rennon

Comecei a perceber que o telefone tocava em casa com uma inquietante frequência, depois das onze da noite, justamente a partir dos últimos dias de agosto, sempre a cobrar. Suponho que a grande atriz não tivesse muita intimidade com as letras, porque não me lembro de ter visto algum envelope diferente chegando em casa, além dos impressos de sempre, as contas para pagar (entre elas a do telefone, que em setembro veio com quatro folhas) e uma ou outra carta do estrangeiro, do círculo científico do meu pai. E, na razão direta dos telefonemas noturnos, crescia o desconforto do professor com minha presença na sala, onde eu ouvia clássicos e escrevia meus poemas esporádicos (minha mãe sempre se recolheu às dez, depois de tomar suas pílulas vitaminadas). Justo por estar na sala, era sempre eu que atendia. Ele não tinha o costume de levar o aparelho para o escritório; detestava telefone, e continuou detestando mesmo quando só pensava nele.

A grande desvantagem dos telefonemas é que eu jamais vou saber de fato sobre o que falavam. Pelo menos nunca os ouvi, além de trechos avulsos de meu pai que eu conseguia escutar no curto tempo de sair do escritório e fechar a porta. Ele pegava o fone com um ar casual — *Ah, deve ser a Sara...* — e gaguejava um pouquinho até que me visse longe. Nosso último olhar (eu fechando a porta, ele esperando) era sempre carregado de uma interrogação estranha, pelo menos da parte dele.

Assim, tudo que sei sobre os telefonemas é o que meu pai escreveu sobre eles nas cartas — como diria o velho, elas não são uma fonte muito confiável. A tal limitação do ponto de vista.

Mas prossigam.

(Em tempo: a tal viagem a Belo Horizonte nunca existiu.)

Carta 2

Curitiba, 28 de agosto de 1993.

Minha prezada:

Antes de mais nada, muito obrigado pela presteza com que você atendeu nosso convite, concordando gentilmente em passar a semana em Curitiba. Quanto aos telefonemas tarde da noite, por favor não se incomode. Há muitos anos não durmo antes das duas — o período das nove às duas é o paraíso para mim. No silêncio do apartamento e da cidade posso ler meus livros e escrever meus trabalhos descansadamente. Você diz temer incomodar a Margarida, que está doente. Na verdade, ela tem tido alguns surtos de depressão e eventualmente algumas dores de coluna. Nada grave. Há pouco tempo estivemos numa clínica especializada em Belo Horizonte e os exames não apontaram coisa alguma. Estou convencido de que há um componente psicológico nessas pequenas crises — probleminhas caseiros, Sara, todo mundo tem. Agora ela está fazendo um tal tratamento molecular, à base de pozinhos e poções mágicas, que pelo menos tem o atributo de distrair. Mas perdão, Sara: a última coisa que desejo é envolvê-la em assuntos particulares. Fique tranquila: está tudo bem.

Mas vamos ao nosso ciclo. Você me disse ao telefone que prefere inverter as datas: primeiro *Senhora*, depois *As minas de prata*. Em princípio, tudo bem, se você deseja assim. Mas, sinceramente, acho um equívoco de sua parte. Sem desmerecer o seu trabalho de atriz, excepcional nos dois filmes, acho que *Senhora* é uma obra muito mais bem realizada que *As minas de prata*. Atribuo isso, em parte, justamente à inegável superioridade da obra literária que serviu de base (claro, dentro do universo relativamente limitado do romantismo brasileiro). No caso das *Minas*, a intenção do diretor de ser o mais fiel possível ao romance conspirou contra ele. Como a última impressão é a que fica... parece-me muito mais adequado fechar o ciclo "Sara" com *Senhora*. Bem, a última palavra é a sua — mas, antes de decidir, pense um pouco a respeito.

Quanto ao outro assunto — a necessidade absoluta de você estar em Salvador na segunda-feira subsequente à semana —, fique tranquila. Amanhã mesmo vou fazer a reserva até São Paulo, já prevendo as respectivas conexões possíveis. Na próxima carta passo a você todas as informações.

Aliás, achei engraçado o modo como você ironizou meu gosto pelas cartas, segundo você um meio de comunicação do século XVII... Não, nem pense que fiquei chateado, por favor; você tem toda a razão. Historiadores são seres antigos por natureza! A minha linguagem é essa mesmo, como a sua é a voz, em estado vivo (e angustiantemente efêmero...). Você até brincou: e que tal um fax, professor? O problema do fax é a ausência de privacidade...

Sara, já estou falando demais. Aguardo seu telefonema. Um abraço cordial, extensivo ao Paulo.

F. Rennon

Agora sou obrigado a reconhecer qualidades beneditinas no meu pai: como é difícil o trabalho do historiador! Na verdade, já sabemos tudo o que queremos dizer; sentimos o nosso assunto como o bater do coração; tudo é tão incrivelmente evidente! Mas, para que essa evidência se cristalize, para que convença o leitor, é preciso antes arrolar uma sucessão de irrelevâncias, cacos de notícia, datas, papéis avulsos, certidões, artigos, depoimentos; depois, é preciso colocar todo esse caos em sequência cronológica, porque sobre todas as coisas pesa o império do tempo, que por si só é uma lógica, nada é nada antes de ter sido outra coisa, e assim para trás; finalmente, é preciso dar ao inferno dos fatos uma interpretação, que deverá ser a *verdadeira interpretação*, a interpretação indiscutível, porque as pessoas (como meu pai) sempre acham que sabem mais do que nós sabemos e estão sempre prontas a enfiar o dedo nos defeitos dos nossos pensamentos. E se não for verdadeiro, para que historiar?

Vejam vocês a história do meu pai. Eu sei o que aconteceu. Tanto, que a Fernanda me diz que eu sou a única pessoa capaz de desvendar verdadeiramente os fatos, uma vez que estive ali pertinho, ouvindo a respiração dele todos os dias. Mas, ao dispor essa pilha de cartas na mesa, lendo-as mil vezes na sequência e me espantando com o que está escrito, percebo que elas mais ocultam do que revelam. Elas ocultam o desejo de abrir a porta da consciência e confessar que nada do que lá existe merece sobreviver; e o que lá existe sou eu, é minha irmã, é a minha mãe. E é também — vou dizer — a covardia cômoda dele. E mais aquele risível orgulho acadêmico de quem faz as coisas bem-feitas, no meio de uma tropa de ineptos — nós — que uma fatalidade determinou que o acompanhasse até o fim da vida. Como sofreu, o coitado! E ainda falam em generosidade!

Durante o mês de setembro, meu pai escreveu uma série de cartas (crescentemente perturbadas) à grande atriz. São cartas quase que sem assunto — e sem resposta, além dos telefonemas à noite. Um deles durou duas horas e quarenta minutos (!), conforme a conta (salgada) que chegou no mês seguinte. E ele reclamando da luz acesa na sala, da chama do gás inutilmente queimando no fogão. E o supermercado, que exagero!

Carta 3

Curitiba, 3 de setembro de 1993.

Sara,

apresso-me a escrever a você nesta sexta-feira, mesmo sem saber quando você me lerá, já que pretende passar os feriados de 7 de setembro em Paraty com o Paulo. É que não consegui dormir ontem com a nossa "discussão" ao telefone. Eu até tentei explicar, mas você me pareceu tão agitada que toda explicação parece ter resultado inútil. Fiquei com a sensação de ter sido grosseiro, o que, creia-me, em hipótese alguma foi minha intenção.

Em primeiro lugar, quando escrevi que o trabalho de atriz é "efêmero", não quis de modo algum insinuar qualquer tipo de inferioridade na sua arte; pelo contrário, diria que é esse traço que faz a grandeza única do palco; e cabe acrescentar que a tecnologia (o cinema, por exemplo) relativizou por completo essa noção (embora, eu sei, eu sei, não precisa repetir, o teatro seja outra coisa, insubstituível e irreproduzível por qualquer outro meio). Você quer trabalho mais efêmero que o do historiador? Tudo que fica da nossa atividade é o trabalho braçal: levantamos dados, dados que outra geração de estudiosos irá retomar para interpretar de modo completamente diferente.

Expliquei-me bem? Só espero que a emenda não tenha se saído pior que o soneto. Sou um apaixonado pelo teatro, e não sei de onde você tirou a ideia de que desprezo comédias de situação. Tudo me interessa em teatro, todos os gêneros, da tragédia clássica à mais simplória peça infantil. O teatro, bom ou ruim, é sempre um acontecimento único, e é esse caráter que me atrai nele. Para encerrar: e o seu teatro, e o seu cinema, e você em cena é sempre uma presença de alta qualidade. Não foi outra a razão de o Centro de Estudos estar fazendo tanto empenho em trazer você para participar do Ciclo.

Outra coisa que me perturbou: a comparação de qualidade entre *As minas de prata* e *Senhora*. Sara, minha prezada, é lógico que me referi à realização do filme como um todo — e nesse aspecto minha opinião continua sendo a de que *Senhora* é uma obra superior; mas em nenhum momento me passou pela cabeça afirmar que a sua interpretação "deixa a desejar" no caso das *Minas*. Aliás, acontece justamente o contrário: você é a melhor coisa do filme, e essa opinião é compartilhada por praticamente todos os meus colegas no Centro — ainda ontem revimos o filme na sala de vídeo. A sugestão de deixar *Senhora* por último apenas tem a ver com a sequência da programação.

Mas o que me deixou mais angustiado aquela noite é que você, em meio a uma crise de choro que me transtornou, acabou concordando com o que você mesma estabeleceu que era minha opinião — isto é, que o teu trabalho é passageiro e você vive numa espécie de vento da vaidade, que o teu trabalho nas *Minas* foi desastroso e que se você não estivesse precisando de dinheiro jamais aceitaria fazer aquele papel, que *Os tesouros de Madalena* é um caça-níquel que nada acrescenta a você apesar da força que você faz para acreditar que as comédias ligeiras exercem função terapêutica e são ótimos exercícios... e, finalmente, que a tua relação com o Paulo está um completo desastre e que essa semana pode significar o fim de tudo.

Sara, minha prezada, me perdoe: jamais, jamais de sã consciência desejei "detonar" esse processo de crise, que certamente passará. Faço votos de que nesse exato momento você já esteja achando graça daquela catarse, que tudo esteja bem com o Paulo (afinal, é o seu sétimo casamento, e você terá muito mais preparo para enfrentar tais crises do que esse pobre historiador monógamo de experiência conjugal próxima de zero).

Bem, estamos de acordo? Já refizemos o calendário de acordo com tua vontade: primeiro *Senhora*, depois as *Minas*. Não se preocupe com a despesa dos novos cartazes, corrigidos. Tudo bem. As outras apresentações se mantêm nas datas previstas. O meu desejo sincero — e o de toda a equipe do Centro — é que você participe do evento como a estrela maior que sempre foi.

Continuo à disposição. Esperando que tudo esteja bem com você e que a estadia em Paraty tenha sido agradável, vai daqui o abraço cordial e amigo do

F. Rennon

PS: Você não quer mesmo falar do passado?

Nenhum telefonema na primeira quinzena de setembro. Isso explica a ausência de cartas nestas duas semanas e a estranheza do meu pai no período: nos feriados da pátria o professor Rennon não descobriu nada por fazer ou escrever — e sempre foi justamente durante o terror dos feriados que ele inventava todos os trabalhos, teses, revistas e livros para ler, enfurnado no escritório, indiferente ao resto, só saindo de lá para as refeições silenciosas, excepcionalmente para um café na Boca às seis da tarde (de volta às sete), e, eufórico, às oito da manhã de segunda, com a agonia de um asfixiado que rasteja atrás de um tubo de oxigênio. Nunca vi ninguém gostar tanto do próprio trabalho.

Mas na semana da pátria foi diferente: ele não se trancou no escritório. Não tínhamos, é claro, nem para onde ir nem o que fazer nem coisa nenhuma, e meu pai já há um bom tempo não trazia mais amigos para casa, de modo que ele simulou alguma atenção ao que restava da família, embora o tempo todo pensasse em outra coisa. A gentileza com que ele tratava dona Margarida, aquele exagero postiço, tinha um toque pegajoso; a gentileza com que ela retribuía também, mas minha mãe sempre teve a tendência de reagir pela inércia, um espelho mecânico do que estivesse em volta. E o que estava em volta naqueles dias era um pai e um marido extremados, uma ave desesperada pelo ócio, dando voltas nos limites da cerca: nós dois.

— Frederico, você não vai aproveitar esses dias para trabalhar no seu último livro? — e a mão dela acariciava a mão do meu pai em cima da mesa.

— Não, eu... — e o olhar fugia para o teto, para a porta, para o chão, que espaço estreito esmagava o professor Rennon!

A tal ponto que o impossível aconteceu: a) o professor foi pessoalmente ao vídeo da esquina buscar uma seleção de fitas românticas para assistir com minha mãe; b) no sábado, dia 11 (lembro-me exatamente porque foi a tarde em que escrevi o poema "O último silêncio"), antes do almoço, ele me convidou para tomar um chope no Stuart.

Fiquei na defensiva, porque tinha certeza do que teria de ouvir — o professor jamais conversou desinteressadamente comigo. Tudo se resumia numa coisa só: me mover de onde eu estava, empurrar-me para outra parte, sair da vida dele. O fato de que eu não estava preparado, de que eu era uma pessoa com problemas realmente difíceis, nunca interessou meu pai. A única coisa que interessa a ele é ele mesmo e alguns fatos da História que possam se encaixar no quebra-cabeça de sua atividade acadêmica. Bem, naquela semana havia outra coisa interessando meu pai, e muito. Aceitei o convite.

Animado, o professor resolveu pegar um táxi, o que me surpreendeu, porque ele é um adepto das longas caminhadas, e naturalmente o que é bom para ele deve também ser bom para o filho. Assim, foi com alívio que entrei no carro, pensando no que teria sido caminhar ao lado dele do alto da rua XV até a praça Osório, ouvindo preleções sobre as vantagens de andar, *mens sana in corpore sano* e toda essa estupidez que a propaganda enfia na nossa goela, junto com mulheres peladas e atletas suados jogando basquete. Eles pensam que somos idiotas.

No táxi, o professor Rennon não falou comigo. Falou com o motorista as baboseiras de costume, o futebol, a política, a inflação, tudo em frases feitas que simulavam familiaridade e fingiam que aquele homem era igual a ele. Fiquei encolhido no meu canto, até que me ocorreu o primeiro verso do poema que eu escreveria à tarde, o que me deu uma felicidade ligeira. Eu tinha muito a dizer, e queria dizer coisas da minha própria cabeça.

Enfim chegamos à praça, o que angustiou meu coração, porque agora estávamos nus, eu e meu pai, muito parecidos um com o outro, quase a mesma altura, eu mais magro, ele mais gordo, eu atravancado, ele elegante, eu preso, ele solto. Percebi o modo como ele olhou para a copa das árvores, para o céu azul, a mão direita no bolso, a esquerda sem assunto. Assobiou um pouquinho, quase uma alegria distraída, mas na verdade um desajeito diante do filho — ele não tinha prática. Como falar a um incapaz? Havia alguma coisa a me dizer? Sim, certamente havia uma montanha de detritos a despejar na minha cabeça, mas o historiador tateava atrás de novos métodos, novas táticas de abordagem para a transformação do mundo.

Uma novidade foi a mão nas minhas costas, súbita e suave, indicando mudança de rumo em direção ao bar. Nenhuma palavra ainda. Na esquina, sinal vermelho, ele novamente assobiou um segundinho. Os dois estranhos entraram no Stuart e se acomodaram numa mesa lateral, e minha angústia começou a se desajeitar ainda mais com o prolongamento do silêncio. O garçom surgiu do nada.

— Um chope. E você, filho?

Eu sabia que deveria escolher logo, a demora irrita. Caipirinha? Guaraná? Campari? Leite? Água? Nada? Eu queria beber alguma coisa ou apenas irritar (merecidamente) meu pai? Mas uma espécie de medo, e também um lance de paz, me fez dizer:

— Eu também vou tomar um chope.

Meu pai ficou feliz com a minha escolha. Acrescentei:

— Só que não tenho dinheiro.

É possível que ele tenha entendido isso como uma agressão, porque fechou um segundo o rosto, mas foi apenas um átimo; voltou a sorrir, compreensivo. Nem valia a pena comentar a infantilidade tardia de um homem de... quantos? 22 ou 23 anos. Demos o primeiro gole, eu com uma careta controlada (não gosto de cerveja), ele com um prazer exuberante, passando a língua nos lábios:

— Que delícia! — e como se a ideia surgisse agora (na verdade ele já havia pensado nisso quando ergueu o copo da mesa, olhando nos meus olhos, mas retraiu-se). — Então? Brindamos a esse sábado?

Aceitei o brinde, pensando no que dizer. Tudo era um teatro, a preparação bem-humorada do que viria em seguida, a preleção definitiva. Mas ela não veio e o silêncio voltou a pesar. Prendi a respiração: o modo como ele girou o copo na mesa e franziu a testa indicava o início da batalha. Sem me olhar:

— Filho, como você está?

Não dei tempo:

— Bem.

Ele suspirou, olhando o teto.

— Ótimo. — Olhou em torno, observou com atenção exagerada um grupo de velhos que se acomodava adiante, talvez reconhecendo alguém. — Frequento este bar há mais de trinta anos.

O saudosismo é um sentimento ruim; é sempre um novo enterro. Eu disse:

— Nunca venho aqui.

Mas ele não ouviu. Fazia riscos com a unha na bolacha de chope. De que ele se envergonhava? De repente:

— Alguma coisa está acontecendo.

Isso me interessou. Era extraordinário, porque tudo indicava que meu pai estava prestes a fazer uma confidência ao filho, pela primeira vez na vida inteira.

— Com a mãe?

Ele suspirou — era inútil conversar comigo.

— Não. — Demorou um pouco, como quem pondera: deveria falar? Sim: — Tua mãe já desistiu há mais de quinze anos.

Eu ia dizer: *ela não teve muita escolha*, mas o ar de gravidade (e de impotência) dele, aquele gesto curto de quem tenta agarrar sem vontade uma mosca no ar, me inibiu. Fiquei calado. Riscos de unha na toalha da mesa:

— Alguma coisa está acontecendo comigo.

É só com ele que as coisas acontecem. (Isso digo agora, mas naquele instante permaneci atento, mesmo *generoso*, sem pontas no olhar. Ao contrário do que parece, meu pai sempre me interessou bastante.) A conversa devia estar perigosamente agradável, porque ele levantou os olhos para mim, como quem se lembra de um detalhe importante:

— Não me leve a mal, filho. Você... — de novo a dúvida: deveria perguntar? Sim: — Você ainda anda mexendo com droga?

Senti as pernas amolecendo, a tontura milimétrica, a força imprevista do soco. Quase me ergui da cadeira, mas o corpo esperou o coração se acalmar. Um dia tão bonito envenenado assim. É difícil ficar na defesa, a voz falseia, a intenção se deforma, a covardia destrói — uma sombra intimidada de espinhos:

— Era... era para isso que o senhor me trouxe aqui?

Mas o maluco já pensava em outra coisa (ou talvez tivesse percebido o erro estratégico):

— Não. Só me ocorreu... e... — e riscos de unha na toalha.

Comecei a engatilhar alguma resposta mortal que nos separasse de uma vez por todas, até o fim dos tempos, tendo como palco o bar e como último gesto a toalha puxada de um golpe, copos estilhaçados. Comecei a enterrar as unhas na mesa, calculando. Ele ergueu os olhos para mim:

— Estou cansado. — Era verdade: olhos molhados, comovidos, cansados, de modo que relaxei as mãos, sentindo medo e vergonha. — Em dezembro faço 51 anos. Já posso me aposentar, se quiser.

Fiquei quieto. Era para mim ou para ele mesmo que meu pai dizia aquilo? Comecei a me sentir mais miserável ainda. Num segundo percebi a extensão imensa, estéril, ressecada, da minha insignificância. Eu sequer tinha começado alguma coisa na vida. Balbuciei um carinho acovardado, porque meu pai estava triste:

— O senhor merece.

Ele me entendeu de duas formas: o sorriso tinha um toque irônico. Também sorri, como quem saboreia um pequeno lance da própria inteligência. Aquilo poderia ser um bom recomeço: senso de humor, cartas na mesa, toma lá dá cá, grandes confissões — sairíamos bêbados e abraçados dali. Mas era muito tarde: os 50 anos dele pesavam demais, os meus vinte e poucos não moviam a balança. Ele ficou me olhando, avaliando silenciosamente o Destino, o mesmo traço leve de humor nos lábios e os olhos úmidos. A voz suave, que eu não entendesse mal:

— Sabe, filho... pensando bem, acho que a gente não tem muita coisa a conversar.

Senti o gelo na garganta, que se espalhava rapidamente na alma. Melhor assim. Levantei:

— Vou dar uma caminhada. É bom para a saúde.

Ele fez que sim com a cabeça, sorrindo suave. Da calçada, vi que ele fazia um sinal ao garçom, pedindo outro chope. Parecia aliviado.

Carta 4

Curitiba, 16 de setembro de 1993.

Prezada Sara:

Escrevo este breve bilhete para me penitenciar do tom de minha última carta, talvez demasiado agressivo. Juro a você que não foi essa minha intenção, e que minha admiração pelo seu trabalho e pelo seu talento continua incólume. É que estou tentando descobrir uma razão para seu silêncio. Correu tudo bem em Paraty?

Não entenda a pergunta, por favor, como invasão à sua privacidade (uma de suas mais frequentes queixas como atriz, a perda do próprio espaço quando nos tornamos personagens públicas via televisão), mas como preocupação mesmo: ainda não tive uma confirmação sua definitiva, e a equipe do Centro está demonstrando preocupação. É claro que não há problemas e que você virá, eu sei, mas uma palavra tranquilizadora sua a respeito será bem-vinda. Hoje devo ter o número das reservas — é só me ligar que passo a você. Ficamos acertados?

Cordialmente,

Frederico Rennon

Perceberam?

É claro que estava acontecendo *alguma coisa* com meu pai. Lá isso era assunto para um "bilhete" de dois gordos parágrafos? Com a desculpa de uma confirmação que já estava mais do que confirmada?

Observem, agora, o tom de alívio adolescente, dois dias depois da carta 4.

E por um bom tempo deixo vocês em companhia dele, para sentirem de perto a evolução do professor.

Carta 5

Curitiba, 18/9/93

Sara, minha prezada:

Ainda estou rindo sozinho com o seu telefonema... Acho que você não precisava ser tão cruel a ponto de ler em voz alta meu bilhete como demonstração inequívoca da minha formalidade... É injusto de sua parte: você é uma artista, uma atriz de talento, e na tua voz até uma lista telefônica fica engraçada. Me perdoe: sou, de fato, um homem formal, porque o meu trabalho me fez assim. E, para falar bem a verdade, eu gosto dele. Tanto, que só consigo dizer bem as coisas por escrito. São duas horas da manhã e cá estou eu, lembrando suas observações de há pouco, para respondê-las com clareza. Porque conversando ao telefone é covardia: você destroça toda a minha argumentação.

Bem, em primeiro lugar (por favor: não ria desse "em primeiro lugar"... — que seria do mundo, sem método?), agradeço a confirmação "total, completa, indiscutível, indesistível, convicta", que você manifestou em meio a gargalhadas, de sua vinda ao Ciclo de Palestras. Segunda-feira vou tranquilizar completamente a equipe sobre a sua vinda. É que nós, historiadores, somos todos formais! Não se fala mais nesse assunto até a data de sua vinda.

Em segundo lugar, fiquei feliz em saber que o passeio em Paraty foi ótimo e que você e o Paulo estão, nas suas palavras, razoavelmente de bem — o que, cá entre nós, é uma boa medida. Sempre gostei do que é razoável. Mas você me levanta questões que sinceramente não consigo responder. Bem, eu diria que vocês têm uma relação problemática, o que me parece mais ou menos óbvio, mas dizer mais que isso... É aquela questão: não vá o sapateiro além dos sapatos, e sei que o mundo afetivo tem sempre uma natureza intransferível. De minha parte, fico desejando que você seja feliz com ele, a seu modo. Sei que o fato de ele ser casado é um complicador — e eu na verdade acho estranho que você prefira assim. (A minha decantada formalidade talvez explique minha opinião...) Mas acho que já estou escrevendo demais para um assunto tão delicado e que diz respeito exclusivamente a você.

Finalmente, Sara. (Engraçado: já me acostumei completamente com o seu nome artístico. De fato, no mundo feérico que é o seu, Maria soa comum demais, quase inexpressivo. Perdão: você não gosta de falar disso. Digo, do nosso encontro de vinte e cinco anos atrás. Bem, talvez você tenha razão. Voltar ao passado só é útil ao historiador e a mais ninguém...) Mas como dizia: você até tentou uma interpretação psicanalítica a respeito. Sara, cá entre nós: acredito tanto em psicanálise quanto em disco voador — não me leve a mal, mas a imagem me parece adequada. Talvez um dia conversemos pessoalmente a respeito.

Um abraço amigo, com os agradecimentos da confirmação,

F. Rennon

Carta 6

23/9/93

Sara, minha prezadíssima:

Jamais pensei que minha referência aos discos voadores pudesse provocar uma reação tão... *violenta*, digamos assim. Tentei explicar, gaguejando — tenho horror a confrontos pessoais, sou um homem do papel escrito —, que o que eu havia dito não era mais que uma metáfora. É claro que eu não tenho nada contra os discos voadores, etês, etc. Não posso ter nada contra o que não existe — ou pelo menos nenhuma das evidências apresentadas em favor deles foi capaz de me convencer. Claro, tudo isso depende de fé. Ou se tem fé, ou não se tem fé. Mas o homem da ciência, com fé ou sem fé, não pode levá-la em consideração em seus processos de reconhecimento objetivo do mundo. Em outras palavras: nada contra que o cientista se ajoelhe nos bancos da igreja todos os domingos para rezar, mas tudo contra se ele começa a fazer suas pesquisas sobre o pressuposto do milagre. Aquelas coisas de santas que vertem lágrimas de sangue com hora marcada, você sabe. Ou aqueles deuses (picaretas) que eram astronautas. Ou a transmigração científica das almas. Eu acho estranho que diante de um ou outro fato insólito ou inexplicado ou mesmo aparentemente inexplicável, as pessoas corram desesperadas para o cálculo dos ângulos das pirâmides, para as manchas das luas de Júpiter, para a lógica esotérica do tarô ou para a extensão implacável das linhas da mão. Bem, essa saudade dos tempos de índio (perdão: talvez eu não esteja sendo politicamente correto...) é estranha porque, ao que tudo indica, não estamos mais nos tempos de índio. Que tal impulso ao sobrenatural "científico" tivesse sentido naqueles tempos, tudo bem. Mas hoje... Sou obrigado a me corrigir: acredito mais em Freud do que em discos voadores. Ou mais do que em Jung, para fazer o paralelo adequado. Mesmo assim, o próprio Freud, ao que parece, mergulhou num biologismo de essência que...

Não interessa. Aliás, não sei por que estou desenvolvendo esse discurso capenga de defesa sobre um assunto que nunca me tirou um só minuto de sono. Para um historiador já é suficientemente difícil e inóspito tentar levantar os fatos que *aconteceram*. Que dirá cuidar dos fatos que...

Mas tudo isso está parecendo provocação, minha amiga Sara. É que você foi tão *incisiva* — você tinha bebido um pouquinho quando me telefonou, não? — e tão... *agressiva* (se bem que você não consegue ser completamente agressiva) contra minha referência aos malditos discos voadores e à psicanálise que eu fiquei mudo. Além do mais, você se aproveitou insidiosamente (se você permite essa imagem bem-humorada) do meu silêncio pasmo para deitar regras sobre *mim*. Quer dizer, se eu não acredito no que você acredita, é porque eu sou um ser *defeituoso*, que precisa ser *corrigido*.

E quais são os meus defeitos? Até que você me fez pensar sobre eles. A saber:

a) *presunção científica*. Você me diz que a ciência é uma m... que não deu conta nem de acabar com a caspa, e no entanto se arroga o direito de fazer beicinho para os discos voadores, vistos, fotografados, visitados em várias partes do mundo. Que eu diga o que eu disser, mas uma agulha espetada num boneco de vodu é capaz de deixar um cristão paralítico para o resto da vida, queira a ciência ou não. Que eu posso rir o que quiser dos horóscopos, mas um leonino será sempre um leonino, e uma aquariana sempre uma aquariana. Que a matemática das pirâmides não tem explicação, nem adianta eu falar porque não tem mesmo. Que... bem, sobre os florais não me lembro o que você disse, mas parece que eles fazem mais efeito que todos os alopáticos juntos.

b) *sou um homem "travado"*. Este meu segundo defeito decorre do primeiro. Incapaz de apreender todas as realidades do mundo, completamente fechado à quinta dimensão da vida, e preso a um cientificismo aritmético ocidental limitadíssimo, todo o meu organismo se "travou" (a expressão é sua, lembra?). Vejamos se entendi: sou um escravo do método, de uma prisão abstrata poderosa. Daí destruí minha *sensualidade, minha capacidade de me abrir para o mundo e para as outras pessoas, engarrafei* (outra expressão pitoresca que você usou) *minha capacidade de transformação pessoal, eliminei a ideia de risco como um valor existencial, suprimi a magia e a aventura e me satisfiz em me reduzir a um carimbo de mim mesmo*. Pior que tudo: destruí minha sexualidade. Não a "sexualidade mecânica" (Sara, você estava inspirada! Quanto você bebeu?), graças a Deus (isso digo eu), mas a *verdadeira sexualidade*, aquela que é realmente o centro da vida. Como queria Reich, isso também digo eu, travadão aqui. (E você ainda completou: *Quer uma prova? Tenho várias: Por que o silêncio sobre a Margarida? Por que o mal disfarçado desprezo pelos filhos? Por que se encolhia inteiro quando eu segurei tua mão no restaurante?*) E eu poderia dar o troco, Sara: por que o *teu* silêncio sobre você sabe o quê. Lembra? Mas não. Respeito o teu silêncio.

Sara, por favor: o que devo dizer? O homem de ciência dirá, presunçoso, que você sofre de uma imensa *confusão epistemológica* — pitadas de Reich, uma garrafa de discos voadores, uma dose de tarô, fragmentos de aulas do primeiro ano de psicologia, um prato cheio de pirâmides, duas sessões de análise transacional e...

Mas, antes que você desligue minha carta, não sou aqui homem de ciência. Sou tão somente seu amigo e admirador Frederico Rennon — um homem que sente sincera admiração pelo seu excepcional trabalho de atriz. Seria impróprio eu falar em "luminosidade"? É exatamente essa a ideia que você me passa, e a última coisa que desejo na vida é reduzi-la à minha lógica (confessadamente) miúda.

Faço uma proposta de paz: deixamos de lado os seus discos voadores e o meu espírito científico e aceitamos respeitosamente um ao outro, sem preconceitos. Eu diria que você tem um ritmo um pouco rápido demais, muito mais do que eu posso alcançar. E, se isso serve de consolo, confesso o que tenho dificuldade de admitir até para mim mesmo: embora não consiga concordar com rigorosamente *nenhum* dos seus pressupostos, penso que você chegou a uma conclusão que me atormenta: sou, de fato, um homem *travado*.

Sara, esta carta se tornou perigosamente pessoal. Você vai dar tua gargalhada de sempre diante do professor encolhido, mas tenho minhas razões. Além do mais, temos o Ciclo em breve, e acho que nele podemos chegar à comunhão mais intensa do mundo civilizado: a arte.

Peço desculpas se fui grosseiro. Mas acho que consegui esclarecer alguns pontos — pelo menos para situá-los nos lugares certos. É um bom começo. Quer dizer, um bom começo para, quem sabe, uma discussão futura.

Com o abraço amigo e a admiração de sempre,

F. Rennon

Carta 7

Curitiba, 28 de setembro de 1993.

Sara, minha prezada:

É assustador o poder do seu silêncio. Em outras palavras: tenho dentro de mim o eco de sua confirmação absoluta para o Ciclo de Palestras, mas o historiador absoluto parece que precisa de provas diárias de que os fatos aconteceram, acontecem e vão acontecer...

E os fatos são: sua passagem de vinda está marcada para o dia 6 de outubro, quarta-feira, saída de São Paulo às 10h30, voo 352. O número de código é 955.693.557.RPOY. Basta você comparecer a qualquer agência de passagens para tirar o bilhete. Bem, nem preciso explicar — você mesma me disse que não tem feito outra coisa na vida nos últimos trinta anos senão pular de um hotel para um avião e de um avião para um hotel. (Falar nisso: você foi mesmo ao Rio de Janeiro como estava programado neste fim de mês? Parece que você me disse algo a respeito num telefonema anterior.) Não se preocupe que eu estarei no aeroporto para levar você ao hotel, que aliás fica bem próximo do Auditório da Reitoria, onde o Ciclo será realizado. Podemos almoçar juntos, se você não tiver outro programa em vista. Talvez seja uma boa ideia a gente conversar com calma. É isso: conversar com calma.

Cumprida a função de coordenador do Curso, já posso falar sobre questões pessoais. O seu silêncio me deixa preocupado. Acho que exagerei na minha última carta. Fiquei esperando ansiosamente algum telefonema desanuviador, fiquei esperando a sua risada saborosa, o seu bom humor, esperando as suas críticas, o seu olhar ferino sobre esse historiador que, o que tem de preciso no levantamento dos fatos objetivos do mundo (não é falta de modéstia: é a crítica especializada que diz...), tem de impreciso e difuso para saber de fato quem e como ele é. Não sei. Sou um homem que não acredita em disco voador — e isso é muito pouco para definir alguém. Pior: isso nos coloca em campos distintos da Terra. E eu quero ficar do seu lado (como, aliás, devo ficar na mesa de apresentação do Ciclo).

Porque há uma coisa (entre muitas) que me fascina em você: o seu trabalho de atriz. Quem é você? Tentei responder ontem a essa pergunta revendo *Senhora* no vídeo. Entre as muitas cenas que me agradam, há uma que me paralisa: o momento em que você abre a porta na penumbra, avança solitária para a janela e se debruça no parapeito. É quase uma vertigem o que eu sinto. A câmera dá uma volta lenta e vagarosa pelo seu perfil, atravessa a parede num instante de escuridão e recupera, do jardim, o teu rosto, aproximando-se vagarosamente de você. Sara Donovan se transforma no exato enigma de uma mulher do século XIX. Não é só a fotogenia, a beleza da composição da cena, da luz, das cores — é *você*. Há uma densidade especial no teu olhar para a câmera, uma melancolia que não se entrega, um instante de tensão entre todos os volumes da vida (e os volumes das formas da tela e do rosto). Você atravessa a lente da câmera diretamente para nossos olhos, e nos paralisa. Talvez o segredo sejam os olhos, que nunca envelhecem. Mas você inteira não envelhece: porque eu vejo a Sara da janela, vejo você hoje, vejo você há vinte e cinco anos, e são todas exatamente a mesma. *Exatamente a mesma que não compreendo.*

De novo estou indo longe demais. Presunção minha: os atores são seres completamente expostos, o mais perfeito álibi para quem quer se esconder por toda a vida. Mas como você me desmontou em trinta pedaços — logo a mim, um homem "travado" — não tem o direito de silenciar tão abrupta; pelo menos não é justo, porque você sabe de sobra que eu estou sempre pronto a pensar o pior. Aliás, talvez seja consequência do método: tenho a exata sensação de que a História nada mais é que uma seleção criteriosa do que de pior poderia acontecer aos homens na face da Terra...

Sara — que espero minha amiga —, ficarei imensamente grato com algum telefonema de retorno, já que você, como Sócrates, se recusa a escrever (não se discute com papel, e você quer sempre o máximo de troca, nas suas palavras...). Mas, se por alguma razão você não telefonar, fique certa de que vou estar no aeroporto a sua espera no dia marcado.

F. Rennon

PS: Como está o Paulo?

Carta 8

Sara:

Que alívio o teu telefonema ainda há pouco confirmando a chegada amanhã! E muito obrigado pelas informações biográficas sobre a sua carreira. Bem, se eu fosse um velho ranzinza diria que não havia necessidade de você me telefonar às duas da madrugada... (e, de novo, meio "bebida"... Você está me preocupando, Sara Donovan! Como coordenador do Ciclo tenho de zelar pelas perfeitas condições dos meus convidados!)

Está tudo bem: amanhã (no calendário muçulmano, que é muito mais lógico: o outro dia só começa às seis horas!) estarei no aeroporto, vamos ao hotel e em seguida almoçamos.

Esta carta é uma carta inútil.

É que não consigo mais dormir (tenho o sono levíssimo, e qualquer compromisso na manhã seguinte me deixa insone) — assim estou aqui no escritório, de roupão e chinelos, como um bom velhinho, computador ligado (e a cabeça ligada), tentando me *organizar*. Uma sensação generalizada de *desordem*. Escrever para você me parece uma boa terapia, porque eu posso reorganizar o mundo depois que o teu telefonema passou como um furacão pela minha cabeça. Precisava me chamar de "paranoico"? Os atores têm uma relação demasiado leve com as palavras. Quando estão presentes isso faz sentido, porque os atores falam mais pelo conjunto de cena que pela voz. Mas ao telefone só a entonação, sem o cenário, parece insuficiente — e as palavras assustam, ganham uma autonomia que elas não têm.

Mas não importa. Nos quarenta minutos em que você falou, percorri boa parte da minha vida. Você não me dá tempo! Tanta coisa para explicar! (Viver é uma atividade *explicativa*. Falar nisso: você implica com os meus itálicos, acha eles *engraçadinhos*, mas eu não implico com as infinitas nuanças da tua voz. Por escrito, alguma coisa deve compensar a frieza de lápide da frase. Escrever é dilapidar... É como se estivesse dando aula: falar frisando, a mão erguida repetindo a curva das palavras.)

Porque você me provoca. Está bem: você não fala mas eu falo nesta carta imaginária. O que aconteceu em 1969? Vinte e cinco anos, um aplicado militante da Ação Popular, e virgem! Aquela manifestação foi uma generosa estupidez. Vendo daqui (agora é fácil), como fica próxima a relação entre cristianismo e marxismo! *Eu não me lembro*. Quer dizer, eu não me lembro mais como as coisas funcionaram. Sou capaz de dar uma bela aula sobre as raízes do AI-5, sobre a queda de Goulart e sobre o movimento dos milicos. Mas a memória pessoal é difusa. É que o meu mundo pessoal era difuso — não tinha chão. Pairando na caverna de Platão, eu lia Roger Garaudy (lembra?) e tentava conciliar Marx com Cristo, tudo sob a Bíblia do materialismo dialético do Manual da Verdade Científica de um certo Afanasiev ou coisa assim. Eu lembro da correria, das pedradas, dos cavalos, eu lembro, é claro — mas só vejo você, isso sim, nítida como um girassol na avenida.

E você, o que era? Muito bom lembrar. Cabelos negros, lisos, espessos. Meio índia. O olhar: esse é exatamente o mesmo. O olhar que, muitos anos depois, seria o de Aurélia Camargo assomando melancólica na janela depois de dizer ao Seixas do nosso José de Alencar: *O senhor estava no mercado; comprei-o*. Bem, eu estava na rua, nu — se a metáfora é apropriada — e aparvalhado. E você (digo porque você não vai me ler) — uma moça desagradável, falastrona, pretensiosa, agressiva e, pior que tudo, *pouco séria*, no sentido seminarista da seriedade — puxou minha mão e me arrastou para aquela ruína turva. Luzes apagadas por segurança (que coisa ridícula!), apenas a penumbra da rua, e nós dois solitários naquele espaço. (Você não quer mesmo lembrar?) Nunca vi você imóvel por mais de cinco segundos — exceto dormindo, no chão da sala, porque quem sabe atirassem pela janela? Olhava para você e pensava — neutramente, aparvalhadamente — em me tornar um cineasta, não um Glauber Rocha da vida, mas quem sabe um diretor B da Hollywood dos anos 40, em preto e branco melodramático. Tenho dificuldade para lembrar mais do que isso. Preciso da minha cúmplice. É como se o meu fracasso começasse ali. (Que exagero! Não sou definitivamente um homem fracassado, você sabe disso.)

Um branco proposital na memória. Estou cansado e sem assunto. Não; digo de outra forma: preciso de mais tempo, mais tranquilidade, para escrever para mim mesmo o que já sei secretamente. Ou que alguma parte de mim sabe, mas não quer revelar.

Próximo fotograma: você me arrastando para a rodoviária e me despachando em segurança para Curitiba. (Ou fui sozinho? Você não vai me ajudar? Fui sozinho. Ônibus azul.) A viagem mais longa da minha vida — ainda não cheguei. Eu preciso dizer por escrito tudo o que pensei, mas não hoje.

Não tenho pressa. Você é minha exata interlocutora — mesmo que eu jamais entregue essas cartas a você. Cartas! Uma pilha de monografias da pós-graduação para ler e eu escrevo cartas, exatamente às 5h12 neste frio de Curitiba.

tópicos:

* minha mulher
* os filhos (droga; desaparecimento)
* o projeto acadêmico (1972)
* Adeus, Sara Donovan (Maria de quê? de quem?)
* Para hoje: Redigir esboço de apresentação do Ciclo (2 páginas, no máximo)
* dormir dormir dormir

Esquema de apresentação (dia 6)

Autoridades presentes (Reitor, Secretário de Cultura, Diretores de Setores, etc.), professores e estudantes... etc. (Não esquecer: Fundação Cultural)

É com satisfação que prosseguimos nosso Ciclo de Literatura e Cinema, abordando hoje à noite o romance *Senhora*, de José de Alencar, aquela obra que, nas palavras do mestre Antonio Candido, pode ser relida à vontade e cujo valor tenderá certamente a crescer, à medida que a crítica souber assinalar a sua força criadora.

Para traçar o seu perfil literário, temos a honra de contar mais uma vez com a presença de um teórico e crítico literário que dispensa apresentação, já nosso conhecido desde a abertura do Ciclo, o Professor Doutor Jorge Antônio Silva Latogga, da Universidade de São Paulo.

Em seguida, teremos a palestra de um dos diretores mais importantes do cinema nacional, José Manuel de Macedo, autor de duas obras adaptadas de romances do Romantismo Brasileiro, *Senhora* (fazer uma brincadeira com a Sara sobre a mudança de data?), nosso tema de hoje, e *As minas de prata*, assunto do dia 8, sexta-feira. Naturalmente todos assistiram hoje à tarde no cine Luz a este filme, sem dúvida um dos momentos mais felizes do cinema brasileiro. É assim um privilégio podermos ouvir diretamente do autor da obra uma palestra sobre seu processo de criação e também sobre o que significa adaptar uma obra literária para a linguagem cinematográfica. Como o próprio José Manuel gosta de frisar, reservará um espaço em sua conferência para reclamar das já historicamente péssimas condições do cinema nacional e do desprezo que o Estado costuma votar à nossa cultura cinematográfica, particularmente depois da passagem trágica do governo Collor sobre o nosso país.

Finalmente — *last, but not least* — tenho ao meu lado a figura luminosa desta atriz extraordinária que é Sara Donovan, detentora de praticamente todos os prêmios dos festivais brasileiros, cujo talento deu vida a personagens inesquecíveis da nossa dramaturgia e do nosso cinema, em particular no papel de Aurélia Camargo, protagonista de *Senhora*. Ela vai nos dizer o que significa o processo de representar, e comentar especialmente o seu trabalho de atriz num filme histórico baseado numa importante obra literária do Romantismo brasileiro.

Em seguida às apresentações, haverá um debate com a participação de todos. Como das outras vezes, pedimos que as perguntas sejam encaminhadas à mesa por escrito, etc.

Quero agradecer... etc., passando a palavra ao Prof. etc.

Carta 9

Sara, que dia é hoje?

Estou ainda em estado de choque. Você me pede *furiosamente* a carta que escrevi para mim mesmo. Em vez de entregá-la, escrevo outra, *porque não estou pronto*. A vida é desagradável justamente pelos seus aspectos mais cantados pelos poetas: o imprevisível, o difuso, o inexplicável, o incontrolável, o indefinível. Nada disso me interessa. Nem falo dos discos voadores que, se são alguma coisa, são tudo isso; falo do dia a dia mesmo, esse horror sem contorno. Tenho o consolo da História, que, até aqui, já está pronta — um cadáver difícil de ser desenterrado, é verdade, mas um cadáver.

Mas você se move, Sara Donovan! Você é um filme perpetuamente inacabado! Há uma exigência agressiva em tudo que você me diz! Devorante! No seu vodu particular, você espetou uma agulha envenenada na minha alma tranquila!

Veja só se faz sentido um homem como eu falar deste modo! Não deveria ter bebido. Não sou do ramo. Sempre tive uma essência tímida. Timidez. Ao longo dos muitos anos aprendi a disfarçá-la com a elegância acadêmica. Sou um homem que, elegantemente, nunca saiu dos trilhos. São sempre os outros que derramam vinho na mesa, são sempre os outros que dizem aquelas patacoadas que nos matam de vergonha em público, são sempre os outros que não percebem o macarrão pendurado na barba, são sempre os outros que inadvertidamente quebram o vaso, pisam no calo, esquecem a porta aberta, enfiam no bolso o caroço de azeitona, são sempre os outros que erram!

Ora, Sara Donovan desce do avião, e em vez de esperar a bagagem como todo mundo, sai para o hall dos homens livres e, diante da minha mão educadamente estendida — sete, sete conhecidos em torno! —, joga-se sobre o professor Frederico Rennon, um professor inteiramente nu, amassa-o com uma delicadeza artística e contempla-o com ávida suavidade. O olhar de Aurélia Camargo na última cena do filme.

Mas a nossa é ainda a primeira cena. Você segura minha mão com as duas mãos, as duas mãos de pianista consagrada, e suplica que eu recolha suas malas (três!) enquanto você corre para o banheiro (é ali?) — e o professor Rennon, palerma, contempla os três tíquetes coladinhos no bilhete. Olho em torno, com certa elegância residual, para avaliar que papel fazia eu naquela cena pública.

Um papel respeitável. Tão respeitável que os funcionários nem reclamaram quando entrei no curral dos viajantes, bilhete ostensivo à vista, para que não me confundissem com ladrão de bagagem. E quanta bagagem! A mala enorme e duas sacolas excessivas, tudo para cinco dias. Reconheço que há uma certa nobreza, uma sofisticação blasé em se conduzir um carrinho de bagagem num aeroporto — o que seria vergonhoso no século passado, com tantos escravos à solta, no admirável mundo novo se transforma num índice democrático de superioridade.

Pois minha diva reaparece — e ela está, mais uma vez, diferente. Uma beleza camaleônica. No hall, todos nos contemplam e eu sinto uma certa vaidade senil, até perceber num breve choque que o que chama a atenção é somente ela — ouço alguém cochichar: *É a Sara Donovan? A da novela?* Uma presença luminosa: basta ver para sorrir, sinto que muitos contêm o gesto religioso de estender a mão para tocá-la, passar da vida irreal para o cinema real da televisão, este, sim, concreto, inteiro, bonito, autêntico. Sara Donovan, a da novela! Há vinte e cinco anos me protegia num apartamento de luzes apagadas (por que mesmo?), eu apagado, encolhido num canto, vendo-a seminua no tapete, um bico de seio desenhado a lápis, que eu não conseguia deixar de olhar, pensando no fotograma de um filme antigo. Já nesse tempo o império da lógica: o que teria a ver liberdade sexual com um mundo melhor? Nada. Era óbvio que nada. Um mundo melhor é uma composição abstrata de forças objetivas, dialeticamente entrelaçadas para o ingresso no Paraíso, um parque estritamente mental. Uma Idade Média sem injustiças, os monges estudando, os reis governando, os vassalos auxiliando, os camponeses plantando, as mulheres parindo, todos com seguro-saúde, seguro-desemprego, seguro-educação. Em ordem. Virgem, sim, e daí? O que eu sentia? Uma espécie estranha de desprezo, tão encolhido em mim mesmo que as costas doíam. A dor mental suplantava a dor da borrachada que levei nas costas. O filho único de pais mortos era rigorosamente único. Singularíssimo. O iniciado da inteligência, em estado puro. Já havia decidido que a História era o meu elemento. A História dos outros, bem longe de mim. Uma régua, um compasso, uma boa couraça científica, um objeto de estudo, uma boa intenção, um método — assim fui ganhando láureas. O grande Costa Júnior, do alto dos seus 70 anos, escreve-me uma carta manuscrita: *A sua monografia sobre a colonização francesa em São Luís revela um pesquisador de brilho, em que ao amor à precisão se soma a sintaxe rara de um escritor elegante. Mais surpreendente ainda é sabê-lo na flor dos 23 anos.* Pós-graduação em São Paulo. A História real que esperasse, porque eu tinha um ponto-ômega no horizonte, a generosidade ética, religiosa e científica de Teilhard de Chardin e o instrumental marxista para torná-lo palpável. Nenhum remorso do meu próprio rumo. Nenhum. Nenhuma, mas nenhuma *mesmo*, nenhuma má consciência de cada um dos passos profissionais que dei. Nenhum arrependimento do meu silêncio, o silêncio agoniado de uma longa viagem que, inacabada, terminou em Curitiba, na rodoviária, uma viagem sem volta. Nem mesmo os solavancos que se seguiram — a descoberta desconcertante que temos ao perceber que o salto que ainda nos falta entre o talento, o brilho, a alta qualidade de nossa alma, e o terreno da genialidade, do singular absoluto, a torta inteligência desenquadrada capaz de revelar outra esfera, perceber que o salto (logo ali!) é muito grande para os nossos pés (eles nos atrapalham tanto!) — nem isso é suficiente para derrotar. Nenhum remorso. (Ficou aquele branco ali atrás — eu sei, você sabe, nós sabemos. Mas a História só começou no dia seguinte, bem longe de mim. Lembra?)

— Mas de motorista, Frederico!?

Bem, eu nunca aprendi a dirigir. E a Fundação, providencial, nos conseguiu um carro com motorista para que eu buscasse pessoalmente a grande Sara Donovan. Uma estratégia da Cultura: personagens de televisão são mais convincentes, interessantes e sábias que severos professores de Universidade. É preciso atrair esta juventude multimídia, avessa ao mundo da escrita, para os grandes debates nacionais. Enquanto os jovens pedem autógrafos, nós ensinamos História Brasileira e os enganamos direitinho. Há sempre o risco de um estudante barbudo, dos revoltados, falar mal da televisão, dessas redes tentaculares, provavelmente multinacionais, que não fazem uma programação voltada aos Reais Interesses do Povo. Mas as perguntas vão burocraticamente por escrito, são selecionadas na mesa, e assim dificilmente o Evento Cultural perderá o seu Brilho pelo zelo purista de um pequeno idiota mal resolvido e fora de época. Bem, Sara Donovan foi ideia minha, prontamente aceita. Você certamente sabe, minha amiga Sara, que nós dois tínhamos de conversar, mais dia menos dia.

Quando começou esse meu azedume?

Com a sua mão no meu joelho? Eu percebi os olhos do motorista no espelho retrovisor e suspendi a respiração. Num momento a mão caiu ligeiramente para a curva interna da coxa, tão casual! Uma mulher feliz, perfumada e livre — e tão falante! Há vinte e cinco anos você já era agitada, mas tinha longos surtos de silêncio. Súbito você se inclinou à frente e se pôs a falar com o motorista, com a desenvoltura de quem vive em pleno estado democrático. Falou demoradamente sobre o tempo e sobre a cidade, sobre o trabalho e sobre o lazer, enquanto ele devolvia monossílabos embevecidos — posso vê-lo em casa, ao jantar, contando que estava a um palmo de Sara Donovan, uma estrela simples e simpática que trata a todos como um igual; e no bar, dizendo que faltou pouco para ela agarrá-lo pelo pescoço e meter a língua na orelha, pondo em risco a segurança da viagem. Se não fosse aquele pateta do professor, ele teria levado o carro pro mato e feito o serviço completo que ela queria. Que perfume!

— Meu Deus, como você é paranoico, professor Frederico!

Eu estava apenas zelando para que as malas não se perdessem, naquela confusão do hotel. Felizmente, isso foi apenas cochichado no hall do hotel, um índice concreto de que você começava a prestar atenção em mim. O seu rosto era um sorriso enigmático, medindo cada ruga do meu, com um espanto crescente que era também (quero crer) uma espécie de fascínio por um ser de História Natural nunca dantes classificado. As mãos nas minhas mãos (a facilidade com que tuas mãos invadem o corpo alheio, insinuam-se, acariciam, tocam de leve e somem), você fez uma súplica de proporção medonha, quase de joelhos, para alguma coisa tão simplesmente óbvia:

— Fred, será que é abusar da tua boa vontade pedir pra você me aguardar um minutinho enquanto eu subo e tomo uma ducha? — As mãos nas minhas mãos também suplicam. — Sabe que eu sou índia, não? Tomo trinta banhos por dia...

— Mas é claro, por favor, eu... — gagueja Fred.

E você se volta e me contempla dois segundos:

— Como você está *bem*, Frederico! — E antes que eu reagisse favoravelmente: — Ai, estou *morrendo* de medo dessa palestra à noite. *Odeio* aparecer em público! Você *tem* que me ajudar. Já conversamos.

As mãos se separaram e eu esperei cinquenta e quatro minutos folheando a *Gazeta do Povo*. Lá estava o texto integral do *release* na quinta página: SARA DONOVAN EM CURITIBA. *O I Ciclo de Literatura e Cinema prossegue hoje com a presença da atriz de cinema, teatro e televisão Sara Donovan (foto), que falará sobre sua participação no filme "Senhora", baseado no romance de José de Alencar e dirigido pelo cineasta José Manuel de Macedo, que também estará presente. O evento contará também...*

Quando você afinal se aproximou — *Demorei muito?* — completamente diferente da Sara Donovan de uma hora antes, fechei o jornal com brutalidade para que você não visse sua fotografia borrada, e ao me levantar descobri minhas mãos imundas de tinta de jornal. Era a minha vez, braços erguidos:

— Onde é o banheiro?

Mãos limpas, com aquele cheiro de sabão hospitalar, sugeri timidamente que almoçássemos no restaurante do hotel mesmo, mas desisti no mesmo instante tal a veemência do protesto:

— Aqui, nunca! Eu quero ir em Santa Felicidade comer aquela massa maravilhosa, nem que eu tenha de passar seis meses num spa pra tirar o excesso!

Você achou estranho que eu escolhesse o menor e o mais escondido restaurante, mas não era o ideal para a gente conversar? (Mesmo assim, três autógrafos!) E sobre o que conversamos? *Exclusivamente sobre a palestra.* Você desenvolveu uma teoria da representação cinematográfica tão estrambólica que, agoniado, eu não conseguia relacionar a extraordinária Sara Donovan do filme, que me toca a alma cada vez que vejo, com aquele andaime teórico psicofantástico que você levianamente chamava de "método". Uma sensação desconfortável, fantasmagórica, inquietante. Ninguém pode chegar a lugar nenhum pensando como você pensa. E no entanto...

Os atores. Isso merece alguma consideração especial. Os atores não são exatamente seres humanos. Eles são réplicas. Os atores simulam à perfeição a atividade humana, simulam com tal excelência que, vistos daqui, são melhores, mais redondos, mais exatos que os seres humanos. Levam a representação às últimas consequências. O que fazemos todos os dias, (representar) mal e porcamente, o que nos humaniza, assim cheios de pontas irresolvidas que somos, os atores imitam com tal minúcia do gesto que se tornam eles próprios a ideia abstrata do gesto. Não o gesto: a alma do gesto. Réplicas melhoradas e concentradas da atividade humana. Iago é melhor, muito melhor, mais perfeito e completo que todos os iagos verdes do dia a dia. Mas ponha-se um ator à solta: o fantasma respira mal sem texto; ele procura na calçada o limite do proscênio, inquieta-se com a indiferença da plateia andando por todos os lados; corre atrás da cortina, que não há; lembra-se de fragmentos de texto e de gesto, todos em busca de uma impossível unidade, de um começo, de um meio, de um fim, de um suave arredondamento da vida, que não está em lugar nenhum, exceto no tempo exato da peça.

Amanhece em Curitiba. O que eu quero com essas cartas que eu não posso entregar?

Por que eu estou *resistindo* a você?

Por que o meu olhar continua tão crítico?

Não tenho certeza se a carta delirante que vocês leram, com perguntas sem respostas, chegou a ser impressa e entregue à destinatária (meu pai vai falar de um pacote de cartas que mandou e isso é muito vago) — mas eu estava lá, para saber de fato o que acontecia com ele.

No final da tarde, três telefonemas aflitos da Universidade, da Fundação, de novo da Universidade: onde está o professor Frederico Rennon? Por que ele não compareceu ao cine Luz, onde o filme *Senhora* foi projetado? Minha mãe aflita, eu nem tanto. Certamente alguma coisa grave acontecera, porque o professor Frederico Rennon, meu pai, jamais faltou a um compromisso na vida. Logo ele, o Coordenador do Ciclo! De fato, ele podia até morrer, mas e quanto a Sara Donovan, a atriz principal? No hotel diziam que ela não estava. O motorista tinha sido dispensado sem explicações. Às oito horas da noite abriam-se as palestras no Auditório da Reitoria. E o professor com a convidada?

Minha mãe de cama, com uma crise de coluna.

— Onde anda o Frederico?

Fui ver, já pressentindo os fatos. Peguei um ônibus ao anoitecer, cheguei no hotel, encostei no balcão e perguntei. O homem sorriu:

— Ah, sim! Sara Donovan! É o 602. Pode pedir linha no telefone ali, por favor.

A telefonista não foi tão educada:

— A senhora Sara não está.

— Mas...

— Ela não está.

Voltei para a calçada, atravessei a rua, olhei para o alto, contando os andares. Sexto andar. Duas janelas gêmeas com luz acesa. Seria o 602? Talvez fosse o caso de pegar o elevador, apertar o 6, bater na porta, entrar. Papéis invertidos, eu de cinta na mão: *Então, está boa a farra?* Ri sozinho — até que seria engraçado... Mas não foi essa a educação que me deram. O direito à privacidade, ao sigilo e à solidão é o pilar da civilização moderna. Escrevi um poema sobre isso. *Gaiolas de vidro*. Fui até a banca da esquina e vi algumas manchetes de jornal. Inflação. Faixa de Gaza. Ministros. Atentados. Futebol. Máfia.

Continuei plantado na calçada, aguardando. O que estariam os dois dizendo nos intervalos do amor? O velho Frederico era ainda capaz de amar alguém? Ou seria aquilo apenas uma investigação histórica, um estudo de caso para uma monografia científica? Sim, talvez fosse isso. Certamente que era. Por que um homem respeitável como o meu pai jogaria o próprio nome no lixo? Não só o dele — o de minha mãe, também. O meu não, que eu ainda não tinha nome. Comecei a me agoniar, uma ponta difícil de ansiedade. Fui a um telefone e resolvi tranquilizar dona Margarida. Ela precisa de cuidados que só um filho pode dar.

— O pai já está indo pra Reitoria, mãe. Está tudo bem. Teve de ir à Biblioteca pegar uns documentos do século passado. A sessão de cinema não era importante. Não, não vai dar tempo de jantar. Se eu falei com ele? Sim, rapidamente. Ah, hoje tem um filme bom no canal 12, às nove e meia.

Meu pai ficaria imensamente feliz se todos nós morrêssemos ao mesmo tempo de algum mal súbito. Ele levantaria de manhã cedo para as suas aulas e encontraria a casa inteira livre de presenças estranhas. Ele não teria que dar explicações a ninguém e poderia renovar aquela elegância padronizada dele. Diriam: coitado do professor Rennon! Um homem tão bom, de repente sozinho no mundo. Mesmo morto eu ouviria a gargalhada dele atravessando nossas almas. Um exemplo: quando minha irmã desapareceu. O que ele fez? Nada. Ele ficou feliz. O fato é: se vocês souberem ler as cartas do louco, linha por linha, descobrirão o que estou dizendo. Eu não gostaria que fosse assim. Seria melhor, para todos nós, se meu pai fosse diferente do que ele é. (Fernanda me corrige: estou dizendo o que eu pensei então, na angústia daquela semana complicada. Isso passou, é claro.)

Controlar a ansiedade é uma questão de respiração. Respiração e imobilidade. Um homem imóvel conserva melhor a energia do corpo para se defender das agressões. Continuei esperando e fui recompensado pela exatidão do meu raciocínio. Às sete e vinte o casal assomou na porta do hotel. Meu pai é um palmo e meio mais alto que ela. Sara Donovan parece um manequim de vitrine, tamanha a perfeição. Se pendurassem nela uma tabuleta com o preço ninguém estranharia. (Naquela hora, pensei: isso talvez dê um poema: *homens-tabuletas*.) Passou uma fila rápida de carros e entrevi meu pai dando a mão à atriz (a outra mão nas costas curvas, como num passe de minueto) para que ela descesse os três degraus em segurança do alto de seus sapatos. O porteiro do hotel acompanhava sorridente o espetáculo público. Pareciam felizes, mas pela agonia das cartas do meu pai naqueles dias suponho que a felicidade era ainda apenas um desejo. Então meu pai suspirou e estufou o peito, ergueu o queixo e olhou em volta, aquela sequência de cacoetes que indicavam satisfação, estamos com meio caminho andado, vamos em frente, companheiros! — e me viu. Eu tenho certeza disso porque o sorriso desapareceu. Uma fileira de ônibus nos salvou; quando a cortina se abriu novamente ele já estava dez metros adiante ouvindo atento, com a cabeça ligeiramente inclinada, tudo que Sara Donovan lhe dizia sem parar, às vezes lhe tocando o braço, gesto que ele não retribuía, dedos amarrados nas costas.

Fui seguindo o casal histórico até o Auditório da Reitoria, a poucas quadras dali. Meu pai não voltou a cabeça uma única vez para confirmar em definitivo o que ele certamente suspeitava, isto é, que estava sendo seguido pelo próprio filho — e em momentos eu ficava a poucos passos dele. Cheguei a erguer a mão para chamá-lo, assim, casualmente, *que surpresa!* — mas desisti. Na calçada em frente ao auditório a multidão cercou a atriz entre exclamações e abraços — *Sara Donovan!* —, enquanto meu pai se recolhia a uma sombra discreta e bem-educada numa roda miúda de cientistas sociais. Para entrar no hall, meu único trabalho foi dizer à professora de crachá, no meio de estudantes com ficha de inscrição no peito, que eu era filho do professor Rennon, aquele ali — e ela deu passagem instantânea, o sorriso tenso diante do conhecido maluco, psicótico, talvez tarado, sabe-se lá que histórias meu pai dizia de mim para ficar maior ainda diante do mundo.

Entrei sorrateiro na plateia e me acomodei na última fila, lá atrás, na sombra, para assistir ao espetáculo. Uma chatice. Meu pai, mestre de cerimônias, acabou sendo o melhor de todos. Que homem simpático, o professor Frederico! Tem leveza, tem humor, tem brilho! Um homem abençoado! Basta começar a falar e todos os lábios começam a sorrir! O equivalente do apresentador do Oscar, mas com gracinhas brasileiras. Tirou um papel do bolso, ameaçou fazer um discurso, fez piada disso e assumiu um improviso parcial, curto e bem-sucedido, como sempre. Passou a palavra ao professor de literatura, que deu uma aula entediante sobre esse outro tédio que é José de Alencar. O homem não parava de ler uma pilha interminável de folhas. Monótono, chato, cacete. Os idiotas da plateia anotavam. Oculto na escuridão, bocejei alto; olharam para trás. E meu pai reclamava que eu nunca conseguia estudar na vida. Aprender o quê, com esse pessoal?

O cineasta — a quem meu pai, no centro da longa mesa, dedicou uma apresentação mais personalizada e com bastante chispas de humor — discorreu em seguida sobre suas obras-primas. Ninguém no mundo consegue falar de modo tão sem-vergonha de suas próprias qualidades quanto diretores e atores de teatro e cinema. Principalmente os cineastas. Eles acham furiosamente que esse lixo que produzem, que desaparece na montanha de lixo muito maior em que eles estão afogados, tem alguma importância. Pior: alguma importância individual. Ouvindo o homem falar imaginamos que se trata de um Nietzsche, de um Goethe do celuloide. Nos primeiros dez minutos de palestra, contei oito erros de concordância. Sem falar na sensação estranha de que estamos diante de alguém que há cinco meses não toma banho, aquele rosto sujo de barba mal cortada. Os alunos anotavam: *Senhora* foi a mais magnífica realização do cinema nacional de todos os tempos. E uma realização heroica, realizada através do abismo, dos furacões, dos terremotos, do horror indizível da miséria do patrocínio oficial. Que luta! E, mesmo assim, as pessoas só vão assistir por força de decretos-leis — ou de Ciclos, como aquele que meu pai coordenava. Os alunos anotando, para aprender bem. Ao final, no meio das palmas, meti os dedos na boca para um assobio de guardador de carros, que provocou mal-estar e cabeças procurando o vândalo.

Finalmente o velho retomou a palavra para apresentar a Estrela da Noite. Eu vi. Eu me senti meio desconfortável. Apresentava a donzela de quase 50 anos sem tirar os olhos da atriz, rindo sozinho, a voz empastada de êxtase. O que perdeu em classe, entretanto, ganhou em humor, democratizando a galanteria de almanaque numa brincadeira pública e inocente. Sorriam embevecidos, os burros da plateia!

A apresentação de Sara Donovan foi hilariante. Não era essa a intenção, mas eu dei gargalhadas, mais do que seria conveniente. Os idiotas, em vez de rirem comigo, olhavam para trás com poses de madres superioras. Eu dei gargalhadas do meu pai, que depois de todos aqueles salamaleques de apresentação teve de aguentar, dedos severos apoiando o queixo caído, uma preleção afetadíssima sobre percepção extrassensorial, psicologia dos cabeleireiros, o avanço das esquerdas nos anos 60, a importância das novelas de tevê, a insônia, os seus sete casamentos, todos bem-sucedidos, o sincretismo religioso brasileiro, ginástica matinal e técnicas de lipoaspiração e daí por diante. A mulher era uma Revista Ilustrada Completa, do horóscopo aos conselhos sexuais, até a última página! Em outras palavras: a mulher não era nada, mas ninguém percebia! Aquele delírio invadiu a plateia como um anestésico celestial — bocas abertas, espanto, sorrisos, admiração incondicional. Uma mulher *linda*, como ouvi cochicharem. Mas meu pai — que a verdade seja dita — começava discretamente a demonstrar impaciência. Três vezes conferiu o relógio, como quem coça o punho, mas só depois que uma moça de crachá subiu no palco na ponta dos pés, morrendo de vergonha, e lhe sussurrou algo no ouvido ele criou coragem para interromper a deusa. Um corte gentil, inocente e bem-humorado, lembrando a conferencista que no dia 8 ainda havia *As minas de prata* para serem *garimpadas* (a plateia sorriu) — e prontamente a grande Sara Donovan concordou em encerrar, com um pequeno escândalo aflito mas alegre:

— Meu Deus, é só me darem corda e a matraca aqui perde a noção do tempo... e...

E começou a sessão de perguntas, ou o "diálogo", como o meu pai lembrou democraticamente, uma sequência de perguntas ainda mais imbecis que as palestras e que felizmente não foram longe porque metade da plateia, tão silenciosa quanto possível, começou a se retirar pelos cantos, eu inclusive.

Circulando anônimo pelo hall — muita animação, todos trocando impressões sobre o extraordinário evento — descobri numa roda de gente importante que os convidados iriam todos jantar juntos. Espiei uma última vez pela entrada lateral: uma multidãozinha cercava a Estrela, sob o controle apatetado do meu pai. Triste fim de um bom homem — o bom homem que ele teria sido se fosse outro.

Atravessei a rua e me encostei num poste para conferir os últimos lances. Quarenta minutos depois, quase meia-noite, os figurões do espetáculo finalmente deixavam o prédio. Riam muito, conversavam, gesticulavam. Uma funcionária de crachá tentava distribuí-los por dois carros pretos, mas eles resistiam. Um dava a preferência ao outro e todos davam preferência à Estrela — de repente voltavam a falar em grupos de dois ou três, ignorando as portas abertas. Meu pai afinal conseguiu o que queria: esgueirou-se logo depois de Sara. Antes de enfiar a cabeça para dentro do carro, pesquisou súbito a outra calçada, tão rápido que não deve ter me visto.

Carta 10

Se eu entendesse, minha querida, o que aconteceu há vinte e cinco anos eu seria um homem tão luminoso quanto você é luminosa à luz do sol ou da lua. Mas isso faz muito tempo. Eu não sei sequer o que aconteceu ontem. O que me parecia, na distância segura das cartas e da memória, simplesmente a dança romântica da sedução e da saudade, súbito se transforma no desafio difícil de uma vida inteira mal resolvida. Será você para mim aquilo que os pombinhos novos chamam de *amor*? Um amor lacrado na alma por mais de duas décadas; um amor excrescente, parasita, protegido no meu corpo, à espera silenciosa de respirar?

Mas eu detestei você quando jovem.

Não ontem, é claro. Quer dizer, antes de ontem, quando nossa história recomeçou mais uma vez. Nós continuamos falando da palestra que haveria à noite (quer dizer, você falava), durante todo o percurso do táxi até o hotel. Sim, eu concordava com tudo: é claro que você deve fazer referência à distinção entre teatro e cinema; não há mal nenhum em você comentar sua intuição extraterrena, as pessoas gostam desses assuntos; ótima essa sua ideia de lembrar as vicissitudes da nossa geração — essa nova geração não tem noção nenhuma do que vivemos no nosso tempo; fique tranquila, você tem humor e presença suficientes para cativar a plateia. Eu nem sei como alguém com a sua experiência pode ficar nervosa diante de uma situação tão corriqueira. É claro, é uma boa ideia você citar o desastre que houve com você naquela coletiva em Recife — eles vão achar graça. Não, não acho que seja o caso de você justificar o trabalho nas novelas. Sim, a questão do dinheiro é importante, mas não sei por que esse sentimento de culpa. A novela de televisão é um patrimônio da cultura brasileira, é claro, eu concordo. Mas Sara, você está chorando?!

Você me olhou com os olhos molhados e disse: não, eu só estou... nervosa... Eu perguntei, pasmo: só por causa dessa palestra?!

Acho que foi assim. Então você, docemente envergonhada, aninhou-se no meu peito, soluçando em seco. Eu senti no toque das mãos a tua suavidade e a tua fragilidade. Um dos raros momentos afetivos que eu havia sentido numa vida inteira. Terá havido outros? Houve tempo para isso?

Um minuto. Eu senti um vazio medonho na alma. E o medo, o terror de não corresponder por inteiro ao que eu estava sentindo: não só você; a minha vida inteira. Talvez mais pela minha vida inteira do que por você. Mas só você poderia detoná-la tão completamente. E que caminhos tortos, meu Deus! Todo aquele palavreado em torno de coisa nenhuma, eu dizendo sim e pensando longe. Talvez o olfato, esse teu cheiro Sara Donovan, especialíssimo e picante, talvez o teu perfil — ou os olhos, principalmente os olhos, que nunca envelhecem, quem sabe os gestos, as mãos, as mãos! Os longos dedos de pianista fazendo desenhos abstratos no ar. A memória de um bico de seio desenhado a lápis na virgindade da infância. Como posso eu saber as leis que me desmoronam?

Sara Donovan, meu amor (tenho de repetir várias vezes essa expressão nova e sem sentido, ainda sem sentido nem significação, para ser pelo menos linguisticamente preciso): Sara Donovan, meu amor: esta não é uma carta de sedução — não é sequer uma carta, porque eu não posso confessar a você que não estava ouvindo o que você me dizia, porque você vai entender só a segunda dimensão do que eu falo (e ficará ofendida. Não; *furiosa*), e eu estou (eu confesso, minha esotérica predileta) numa terceira dimensão — também não é a confissão de um apaixonado, porque tudo isso é muito pequeno para o tamanho do meu desastre.

Esta é, de fato, a carta de um historiador. Carta no sentido mais bonito do termo: mapa. Carta na dimensão navegante da vida. Por aqui sim, por ali não, há recifes. Adiante, um abismo inesperado. Em seguida, dunas que afloram na linha do mar, onde pousam as aves. O que faço nestas madrugadas sem sono, ouvindo as portas do meu filho inútil andando pelos vazios da casa à espera de que eu lhe diga uma palavra de salvação (pobre de mim!), o que eu faço é o mapa de mim mesmo, para maior segurança do passo.

Um mapa, meu amor: como é bonito um mapa. O mundo inteiro encontra seus limites num mapa. Não há simulação impossível para quem desenha um mapa. Ele tem todas as vantagens da realidade e nenhum de seus inconvenientes. Recolher as pontas da alma para melhor viver o ponto-ômega, que é tudo ao mesmo tempo. Deus? Que sei eu de Deus? Deus é o herói da juventude; agora ele nos faz uma concorrência incômoda. Eu nunca precisei dele.

Estou confuso. É como se o professor Rennon, membro honorário do Instituto Brasileiro de História, súbito perdesse o sentido da História, o único sentido que rigorosamente ele teve a vida inteira. O minuto de comoção passou — ficou só a tua mão apertando a minha, de um modo silencioso e cúmplice, perdida alguma outra virgindade, talvez puramente mental. Instaurou-se a proximidade — sem fronteiras definidas, a percepção da inconveniência pública desse amor nascente me fez apertar mais a tua mão, e não o contrário. Um fugitivo buscando apoio. Porque naquele momento era isso que eu me tornava: uma espécie abstrata de fugitivo. Era preciso pensar em todas as coordenadas daquele desejo.

Mas o pensamento não é a tua matéria, minha querida. Você é um bloco semovente de intuição. E que eficiência! Sabe sempre, exatamente, o gesto exato. Com que simplicidade você me puxou pelo braço hotel adentro e pediu a chave do 602, ao mesmo tempo que representava comigo, sem ensaio, um debate muito sério sobre o espaço da mulher na sociedade brasileira do século passado, o tipo de mulher psicologicamente emergente cujo símbolo é *Senhora* — daí (e você gesticulava sacudindo a chave diante do elevador parado com a porta aberta, como se não quisesse subir, e eu desesperado para sumir daquele espaço público repleto de olhos), daí a fusão integral que você viveu com a personagem (e você baixou a voz), ainda que o José Manuel, o diretor, não estivesse entendendo patavina do que você queria como atriz. Porque (agora, afinal, o elevador subia, com um casal de turistas que não parava de olhar para você, como quem vê um conhecido e não sabe de onde), porque o José tem um senso refinado de fotografia, isso é verdade, mas é um diretor li-mi-ta-dís-si-mo! Sem roteiro bom, ele dança — e foi o que aconteceu com *As minas de prata*. O que você acha?

Nada, eu não acho nada, eu não tive tempo de achar nada, porque eu ainda tentava responder para mim mesmo o que eu estava fazendo ali, no 602, cuja porta você abriu com tranquilidade, as rugas da testa ainda especulando as falhas do diretor. Era como se eu entrasse no túnel do tempo, direto para vinte e cinco anos atrás, dois fugitivos quase inocentes na penumbra de um movimento estudantil, condenados a viver uma tragédia. Você falando, a mesma entonação de hoje, a mesma certeza mesmo quando duvidava, a mesma determinação de ser dona do próprio nariz, a mesma rispidez secreta de quem está prestes a desabar, não aguentando mais as hostilidades de um mundo inteiro, a mesma representação posuda da liberdade, esse sonho presunçoso da juventude. Você permaneceu substancialmente a mesma.

Bem. Eu também.

Então houve a frieza. Lá e aqui. Dois tímidos. Silenciamos. Dizem que a História só se repete como farsa. Tenho tanto amor ao método que acreditei: esta cena significa entrar num teatro em ruínas. O palco está cheio de buracos, as cortinas estão rotas, as luzes queimadas e não há ninguém na plateia além de filas desdentadas de poltronas. Não sabemos mais o texto. A plena verdade de antes não existe mais, mas forçamos um simulacro.

Toda a conversa fiada do elevador esvaneceu-se. Você tirou o casaco em silêncio. Eu, de mãos nos bolsos, assobiei baixinho e olhei em torno com alguns traços de elegância no pescoço apertado. *Um homem travado*: você tem razão. Você abriu o frigobar, tirou uma garrafinha de vodca, esvaziou-a num copo e deu um gole ardido, rindo safada para mim. Mentiu:

— Tenho de me preparar para a conferência. — Em seguida puxou a cadeira: — Sente aqui, professor Rennon. Temos muito a conversar.

Eu não queria conversar. Lembra? Eu esfregava as mãos, com os braços amarrados, lembrando do teu corpo no meu no desconforto do táxi e pensando na comunhão universal dos seres felizes. Sentado na cadeira elétrica que você me ofereceu, eu disse, finalmente, olhando o teto:

— Eu fiz tudo errado aquela noite, não é?

Você, surpreendida, segurou minhas mãos, de joelhos na minha frente.

— Ai, Fred, que coisa chata você batendo na mesma tecla. Olhe pra mim.

Carta 11

Dia 9, 13 horas.

Sara:

Quantos acontecimentos extraordinários em tão curto espaço! O elástico da minha vida, tão caprichosamente esticadinho, soltou-se de repente — zap! — e agora me vejo, figura de desenho animado, de cabeça para baixo, nessa desordem saborosa de todos os objetos — e a tempestade continua, um túnel de vento que me leva e eu não resisto, porque é muito bom.

Você é o meu diário. Quem sabe ao fim de tudo eu faça um pacote dessas cartas e mande a você, minha Estrela?

Sinto a compulsão da memória: o historiador não pode parar. Hoje estou aqui, mas há lacunas no mapa de ontem, de anteontem! Quero preencher todos os vazios. Como o teatro, meu amor; você sabe. Aberta a cortina, os gestos se sucedem na exata progressão do tempo. Eu preciso revê-los, ensaiá-los, desenhá-los um a um, para saber em que ponto estou, como estou, o que fiz e quem sou. Ou quem somos, assim duplos.

Onde eu estava? Na hora do almoço, mas não hoje.

Margarida me faz perguntas atravessadas. Setas que, batendo numa parede, refletindo em outra, acabam raspando na minha cabeça. É o nosso estilo. Ela diz — ou sugere — que eu estou *ausente*. Mal começo a desmentir, com o exagero furioso do amador — então ela não sabe que eu estou até o pescoço envolvido nas palestras!? — o chato do meu filho diz que viu a conferência de Sara Donovan. A primeira. Não sei se ele foi apenas inocente ao te elogiar com tanta ênfase — Que presença! Que agilidade! Que simpatia! E que experiência de vida ela tem, não é, pai?

É possível. Mas farejei alguma agressão no ar, um certo envenenamento dos gestos e da respiração coletiva. Você tem razão, Sara. Decidir. Acabar com isso. Cansaço. É provável que o clima esteja apenas na minha cabeça: tenho a sensação de estar sendo perseguido. Eles sabem — mas não dizem — que eu não fui e não sou um bom pai. Talvez tenham a esperança de que eu ainda venha a ser um bom pai. Dói muito a ausência de Lucila. É como se todas as manhãs eu recebesse um envelope com uma folha em branco, sem texto nem remetente. Durante muitos anos eu desenvolvi técnicas precisas para atravessar as ruas com segurança e para administrar o esquecimento. Vamos esquecendo, mas o esquecimento, ano após ano, vai inchando seu vazio incolor e indolor, ocupando os buracos da parede, esbarrando discretamente nas nossas pernas. Esquecer: uma bela e difícil tarefa. Esqueci pelo negativo: meu trabalho profissional é lembrar como as coisas de fato aconteceram. As coisas dos outros, não as minhas, porque eu não tenho valor histórico — minha participação na História do Mundo é, digamos, 0,000000000001. Menos que isso: divida-se a minha vida pelo número de habitantes que compartilharam a Terra comigo e chegaremos à Taxa Individual de Participação Histórica. Provavelmente algum pesquisador americano já criou essa Taxa, com métodos precisos de mensuração. A Taxa deve prever algumas variáveis, para mais e para menos. Por exemplo: sou professor, o que aumenta um tantinho minha participação, como multiplicador (no varejo) de opinião. Como pesquisador, meus livros atingiram a marca total de (até março passado) 7.832 exemplares vendidos ou cedidos para divulgação. Mais um pouquinho de participação histórica. Mas como medir a importância dessa participação? Alguém terá mudado em algum grau seu comportamento depois de ler meu trabalho sobre a escravatura brasileira? Exercício de atividade política, eleita ou não: zero. Redução da Taxa. Participação em levantes, insurreições, motins, revoluções, luta armada: zero. Redução da Taxa. Participação em greves: doze... não. Treze vezes. Consequências históricas: aumento sazonal de salário, fortalecimento da defesa da universidade pública (melhor: generalização da ideia de que a universidade pública é um bom projeto brasileiro). Outra consequência, pelo avesso dialético: fortalecimento dos grupos que defendem a privatização do ensino, como resistência estratégica. Dividindo-se o número total de grevistas por treze (qualquer coisa assim, não sou matemático), chegamos à minha Taxa de Participação Histórica, que deve ser acrescida por um pequeno bônus referente à minha relativa importância como destacado professor da Instituição. Resultado global: zero vírgula zero zero zero zero... Uma placa de coca-cola agiu mais sobre o mundo do que eu. (É preciso agora fazer a tabela comparativa entre o quantitativo e o qualitativo, e as variáveis que fazem um dado pesar mais que outro.)

Mas eu tenho um trunfo raro, completamente esquecido, prescrito e proscrito, ausente, mas mesmo assim vivo e pulsante. Comprove, minha Sara:

Número de Homicídios: 1.

Isto é, pertenço àquela faixa minoritária porém atuante dos seres que retiram peças do tabuleiro histórico, o que, pelo menos na perspectiva quantitativa, promove substanciais mudanças de rumo. Claro, também aí é preciso avaliar a importância da peça suprimida: um Rei, um Bispo, uma Torre? Não. Um peãozinho, no meu caso.

Quer dizer, talvez eu

Esse embrulho no estômago. É o esquecimento e suas pontas imaginárias. Nunca, mas nunca mais falamos disso, não é? Nem ontem. E no entanto

Minha mulher me pergunta o que houve. Fiz um estrago no banheiro. Um vômito pavoroso. A substância da alma expulsa o esquecimento invasor; todos os músculos conspiram, trabalham, exalam, fumegam, expulsam — e nós, lá em cima, assistimos a esse espetáculo grotesco. *Você está pálido, Frederico. Alguma coisa te fez mal?* Me deixe em paz. Eu estou mais ou menos morto — vai depender de mim a sobrevivência. Meu filho achou graça do desastre, mas ficou quieto.

Nunca, nunca falamos disso. Nunca falamos qualquer coisa: só ontem. Também ontem falamos pouco, e sempre do que não importa. Não, minha Sara. Não foi isso que eu quis dizer. Claro que importa.

Não há tarefa mais difícil para um homem do que ficar nu. O início é corriqueiro: as mãos desabotoam — e a pele, acanhada, provinciana, miudinha, aflora sua geografia despedaçada. Quer dizer, eu: manchas, pelos, riscos, suores, a relativa desproporção dos volumes, as inutilidades adiposas e flácidas, a definitiva impossibilidade da estátua de bronze, para sempre enterrada na História. Você não, minha diva: uma deusa é uma deusa de carne, osso e alma. Nada destrói aqueles a quem outorgamos divindade. Você está nos meus olhos. Há vinte e cinco anos você estava só em você, e isso era insuficiente.

Os velhos pombinhos se amam. Sou um velho ridículo. Ridículo, porém apaixonado. O que eu queria era calar você, e isso eu consegui. Não, meu amor e minha cúmplice: não é machismo. *Calar: tocar fundo*, como só o silêncio faz.

De início corriqueira, a nudez vai mostrando as patas. Patas, dentes, unhas, línguas, olhos, todos os fragmentos do desejo. A nudez é úmida, indócil, exigente. A nudez ri por inteira sua zombaria exclusiva, gargalha nosso desamparo. Você é assim: uma mulher nua. Pernas que se movem por conta própria, você é uma índia sem inocência: estratos e mais estratos da civilização do desejo. Há uma metafísica neste ponto-ômega da liberdade, um horizonte de transcendência no desejo que quer ser somente ele mesmo. A natureza, em estado bruto, terá alma?

Meu gemido final: tão alto o esquecimento, tão terrível a queda.

Você sabe do que estou falando, minha Sara: eu estou perigosamente me entregando ao esquecimento. Meu amor por você será uma espécie complicada de desistência. Você estará disposta a se entregar a este risco? Como sempre, nenhum gesto meu será leviano. Você será, meu amor, minha viagem sem volta. Compreenda: *eu desisti*.

Carta 12

Nada prende nada a ninguém, mas a família é indestrutível. Quando a Igreja nos ameaçou, nos idos da História, com o casamento indissolúvel, Ela sabia do que estava falando. União feita de vento, maresia e desejo, a corrosão une ao mesmo tempo que destrói, grandes parafusos de ferro entalados para sempre na velha ponte pênsil, que, quando cai, cai inteira, há muito tempo sem uso entre um vazio e outro. Assim estou eu, disparatado e sem sentido, na brutal solidão desse domingo, pequeno aprendiz de navegação correndo a pôr em dia sua frágil carta marítima de réguas tortas, depois que a ave — você, minha Sara — se foi.

E estou atrasado. O historiador meticuloso esqueceu de manter a distância científica dos fatos que observa, ignorou a abundante bibliografia a respeito — desde os tempos imemoriais a paixão sempre foi o Grande Desastre —, envolveu-se de corpo e alma na escaramuça das vidas, imaginou petulante que ele próprio tinha um papel real a cumprir, feito alguém de carne e osso, e agora resta sozinho diante de sua pequena esfinge, de fato um espelho quebrado (lembra?): e agora, professor Rennon?

Na dúvida, volte ao método. Levante os detalhes, professor; analise os pequenos gestos, não despreze as informações avulsas, desenhe o contexto, assinale as influências externas, as imediatas e as residuais. Será o desejo puramente individual? Ou o senhor é também vítima de um desejo coletivo e subterrâneo, um deus anarquista à espera de uma presa para, digamos, destruir? Um homem por escrito, mapeado assim, talvez não seja exatamente um homem — ainda que não haja nada melhor para representar (até no sentido jurídico do termo) a consciência do cidadão do que uma palavra escrita.

Mas vamos ao mapa, minha querida. Querida assim: na extensão plena de todos os sentidos da palavra. Quando começou minha transformação? Ontem? Há vinte e cinco anos? Começo pelo mais visível, por aquela tarde de quarta-feira em que tive de tirar de mim cerca de dezessete casacos de arame farpado antes de ficar completamente nu. E você ri, como ri a minha amada! Minha gargalhante Sara! Crudelíssima no final da tarde, espetou-me com requintes de crueldade: aos 50 anos, é ainda incapaz de escrever (quanto mais dizer!) *merda* por extenso.

— Como é que você escreveu mesmo? Eme e três pontinhos... Frederico, como você *era* travado!

Gostei do verbo no pretérito. Pior: gostei e acreditei nele, fauno feliz, nu e de pernas cruzadas, patas de bode, mãos na nuca e olhando o teto. Melhor: olhando o céu. Eu me sentia um personagem de folhinha de armazém, na página da primavera — outubro, novembro, dezembro, dias santos em vermelho, fases da lua em azul — com uma bela paisagem de artifício anunciando a boa-nova: eu. O verdadeiro amor na época exata, quando não há mais filhos, parentes, aluguel, padre, pretensões, livro-ponto, juventude, sequer futuro. O verdadeiro esquecimento, aquele que se vive de olhos abertos.

Então o sobressalto: Paulo. Você encheu um copo de uísque, acendeu um cigarro e começou a falar do Paulo, seu sétimo casamento, quer dizer, casamento a seu modo, porque ele já é casado com outra.

— Esse nosso caso não vai durar.

Minha insegurança é tão visível que você explicou imediatamente:

— Não, meu amor. Você não entendeu. O que não vai durar é o Paulo. Aliás, já acabou. Levei tempo para descobrir, mas descobri: ele não tem nada para me dar. É uma relação de mão única.

Você ficou em silêncio, remoendo alguma coisa, alguma coisa pesada, e percebi no teu rosto a sombra de uma vergonha, uma entidade que (suponho) você jamais viveu. Esperei, vendo o teu rosto quieto, os olhos pesquisando a palma da mão. Os teus momentos de introspecção são raros, mas belos: a atriz, súbito, se recorda de quem ela é. Como se você dissesse: devo falar? Você baixou a voz:

— Nós brigamos. Quer dizer, brigamos mesmo. Em Paraty. Brigamos a socos e pontapés. Lembra que eu fiquei um tempo sem dar notícia? Um olho roxo. Olhe, ainda sobrou uma mancha.

Olhei e não vi nada além dos teus olhos. Você estava prestes a se entregar, mas reagiu:

— Sabe, eu uma vez fui a um psicanalista pedir que ele me transformasse em homossexual.

Senti uma espécie de falta de ar: foi a afirmação mais estúpida que eu jamais ouvi de uma mulher. (O que, bem entendido, não quer dizer muito: conversei *pessoalmente* — isto é, nu — com duas ou três mulheres na vida. Não; só com duas.) Culpado de preconceito, dei um beijo frio e falso no teu rosto. Você prosseguiu:

— Eu tentei, é verdade. Cheguei a ter dois casos. Sexualmente é muito bom, é uma suavidade só. Eu odeio a dominação masculina, eu odeio a ideia de posse, a superioridade física do macho, a infantilidade idiota dos homens, a competição juvenil. Mas — e você riu — eu preciso deles com desespero. Minha imagem de prazer é a imagem física do homem, e isso o psicanalista me explicou direitinho. Não havia nada a se fazer. Continuei dando pela vida afora, atrás da chave do paraíso e daquilo que se chama vida em comum. Deve ser possível, não é? Há quantos anos você vive com a Margarida?

Vinte e três anos. Mas eu disse outra coisa, dramática e ridícula:

— Meu casamento está acabado.

Você riu, dando socos de mentira no meu peito:

— Não seja machão, mentiroso, posudo! Não precisa ser tão rápido no gatilho, professor Rennon. Não sou nenhuma destruidora de lares. — Seguiu-se um namoro agradável; você me dava beijos e ia dizendo gostosamente: — Esse meu amor aqui é suave, ingênuo, gostoso, metódico, organizado, inteligente, assustado, tesudo, sensível, teimoso, feminino, inseguro, sábio, ciumento, elegante... e tem mais: nós temos uma cumplicidade histórica.

Eu preferia não lembrar — pelo menos não naquele instante —, mas agora era tarde. As agulhadas na alma, justamente nos minutos mais tranquilamente felizes. Mas você me deu tempo. Levantou-se para tomar banho e se preparar para a conferência horrorosa. Fiquei pensando na cama, olhando o céu e o teto. O que estava mais próximo?

Comecei por imaginar — comovido pela tua sorte — que estado de espírito pode levar um homem a dar um soco na face de uma mulher. E eu? Que espécie de vida levei eu? Que pessoas conheci, que modelos foram meus limites? O que me ensinaram quando eu era criança? E disso, o que eu aprendi? Você tem razão, Sara: um homem feminino. O que, no exato instante em que você disse, me inquietou, súbito parecia uma luz. Anos e anos estudando, classificando e interpretando a chibata na pele dos escravos, todos os tipos de barbárie à disposição de quem sabe ler, todo o circo de horror e miséria, a peste negra que foi a História e continuará sendo, e no entanto se arrepia ao tocar a pele de uma mulher real que apanhou de um homem. Odeio esse Paulo. Ao mesmo tempo, acho desagradável, de mau gosto mesmo, que alguém *deseje* ser homossexual.

Aquela espécie estranha de mea-culpa — sou um homem tão completamente cheio de defeitos — começava a soar na minha alma como um renascimento. Há muitos e muitos anos eu não tinha com ninguém tamanha intimidade, e a intimidade, muito mais que a nudez ou a vida em comum (você sabe disso, Sara), é um estado de irmandade anterior ao Pecado Original. Raríssimas pessoas no mundo vivem a dádiva da intimidade. Tão forte nossa intimidade nascente, que não senti como um choque a única imagem obscena daquele fim de tarde: você inclinando-se para a mesa de fórmica em que havia alguma coisa miúda, tão miúda que você metia o nariz nela, percorrendo alguns centímetros numa aspiração esquisita. Alguns segundos para o professor Rennon perceber que se tratava de cocaína. Uma sensação ruim (a minha), outro pequeno choque de costumes, mas também um certo senso de triunfo. Afinal eu descobria alguma coisa objetivamente superior em mim, além da descrença dos discos voadores (e talvez por causa dela). Você percebeu, suponho, porque se explicou — com visível mal-estar — sem que eu houvesse dito nada.

— Um restinho que eu tinha na bolsa, pra enfrentar a plateia, Frederico. Não se assuste, que isso é só de vez em quando.

Uma desculpa ingênua de bêbado, que me fez sorrir. Quase protestei, com um argumento histórico: cada fungada de cocaína fortalece a mais poderosa organização paralela da selvageria e da barbárie contemporâneas, o narcotráfico. Mas guardei minha superioridade histórica comigo, mesmo porque eu via aí a vereda da salvação. Quer dizer, da tua salvação, sob a minha influência benéfica. Para ser mais completo, da *nossa* salvação, nas chamas do amor natural, a olho nu.

Foi isso que eu vi, quando saímos para a rua: uma vida completamente nova para nós dois. Você terá o homem dos seus sonhos, a vida em comum; eu, a mulher que é redenção. É um espanto, mas isso é possível, minha Sara!

Carta 13

Curitiba, 13 de outubro de 93.

Sara, minha ave:

Teu telefonema de madrugada me angustiou, não por você, doce como sempre (ainda que um tantinho bêbada, confesse!), mas porque ao vivo eu tenho dificuldade de dizer o que quero dizer. É como fazer uma palestra: sem um roteiro prévio, começo a gaguejar, perco o fio da fala e da memória, dou voltas sem chegar a lugar nenhum. Além do mais há a presença opressiva do meu filho, morcego noturno batendo as asas nas paredes escuras, há o silêncio do sono da minha mulher, há a ausência da minha filha, há o trabalho por fazer se amontoando no meu cansaço... Pior que tudo, há a tua ausência e a minha saudade. Vou desfiando os clichês da velhice, porque eles são reais: o professor Frederico Rennon não conseguirá nunca mais ser a mesma pessoa, porque ela não era nada. Agora sim, cartógrafo do nosso amor, saberei quem sou, onde estou e qual o meu destino.

Mas fiquei feliz com a tua alegria, meu amor. Você diz ter adorado minhas duas cartas; que você se vê como uma personagem estranha nunca antes representada; que você sente uma intensidade emocional que jamais você sentiu em alguém; que você me ama. Que você não concorda com o modo como eu desprezo tua inteligência em favor da tua intuição, mas que a minha presunção intelectual tem o sabor da inocência; que tudo que eu digo fica belo só pelo fato de ser dito sob o sopro do desejo, e com palavras tão felizes. Que eu sou um homem louco, maníaco-depressivo, capaz de recortar os fatos de um único dia várias vezes, de modo que cada hora seguinte é uma estranha mutação da hora anterior. Que você está perdidamente apaixonada pelo mapa da minha (nossa) vida e aguarda ansiosamente cada novo capítulo. E, como você vai passar dez dias em Salvador, deseja que na volta a São Paulo encontre uma pilha de novas cartas marítimas — ou ainda, muito melhor, deseja me encontrar pessoalmente, para uma nudez mais prolongada.

O mapa-múndi do nosso amor.

Houve a palestra sobre *Senhora* e fomos todos para o restaurante. Você lembra? Já escrevi várias cartas para mim mesmo, cada uma com um pedaço daquele dia que não se esgota. De fato, sou um maluco despedaçado. Simultaneísmo. Planos cubistas (ainda que de faces convencionais): o homem que te pega no aeroporto não é o mesmo que está almoçando com você que não é o mesmo que sobe ao 602 que não é o mesmo que fica nu que não é o mesmo que vai à palestra. Alguns desses você conhece bem; outros, nunca saberá quem são. Recorte histórico de um único dia e uma única noite em Curitiba. É claro, houve muitas outras, você sabe. Mas eu quero agarrar o pássaro amarelo que você é com as duas mãos. O bicho duplo que nós somos agora, pernas de um, cabeça de outro, nasceu naquela noite de 6 de outubro.

O restaurante. O professor apaixonado que entrou no carro ao lado de Sara Donovan descobriu então o que vou chamar, pomposo, de a face do desespero. Essa tua ambiguidade, Sara Donovan! Essa tua irritante liberdade! Esse teu espírito pré-histórico da poligamia! Pior que tudo: essa tua beleza indócil e acachapante! Esse teu estímulo obsceno ao desejo, essas tuas garras duplas, o olhar ali, a mão de longos dedos em outra parte! Nas minhas coxas. Sim, o professor Frederico Rennon tem coxas sensíveis ao toque! Nem eu me lembrava mais disso, mesmo naquele momento, poucas horas depois de fazer amor com você. E que amor prolongado, suado, desesperado, demolidor! Emagrecido pela tua boca e pelo teu sexo, pelos teus dentes e pelos teus braços e pelos teus pelos, tudo assim simultâneo no esquecimento e no gemido! Que participação tive eu? — me perguntaria agora. Um homem sugado e feliz e descobrindo, minuto a minuto, o fantasma triste da insegurança soprando no ouvido todas as formas do medo. Medo. Você lembra o tempo que demorei para me excitar. Sim, o professor Rennon não vai conseguir! Ele tem mulher e filhos, compromissos acadêmicos, trabalhos relevantes e notáveis a realizar, ele vive na esfera mental da superioridade. Nada a ver com a nudez crua do... adultério! (O ridículo que é essa palavra, agora...) Mas você ignorou minha frieza ansiosa, talvez pressentindo que entre nós dois havia um fantasma mais antigo, morto há vinte e cinco anos, e ali ressuscitado, aquela mancha de sangue na parede igualmente suja. (Não, por favor não me fale do parentesco entre morte e sexo. Eu não posso crer numa cultura que se articule sobre esses dois polos. Mesmo que seja verdadeira, ela não me interessa.) Então todos os anjos tocaram trombeta no céu da boca do nosso amor.

Mas estamos no carro indo à noite para o restaurante de Santa Felicidade. Nunca ocorre nada melhor aos burocratas da cidade para distrair os visitantes. As tuas mãos, sempre casuais, na minha coxa — e quase que imediatamente o professor doutor Frederico Rennon, 50 anos, tem de morder a língua com força porque ele não poderá sair do carro daquele modo simiesco sem quebrar em cacos o respeitável painel acadêmico de uma vida inteira. Rigorosamente nada no universo é mais poderoso que a nossa imagem. O que ela nos dá, ela nos tira sem remorso. Um homem em pé é o mais complexo projeto arquitetônico da civilização.

O pior não era o meu *intumescimento*, se você me perdoa o termo chulo, mas a sensação paranoica (como diz minha Sara) de que tanto a Odélia, no banco da frente, quanto o Macedo, do teu outro lado, sabiam o que se passava entre nós dois — e você prosseguia, sem nenhuma consideração pela minha respeitabilidade social. Uma mulher loquaz e feliz, em que a alegria disfarçava a angústia de saber como havia se saído na palestra, quando nenhum de nós tinha mais palavras para dizer o quanto você fez sucesso. Começou ali um processo corrosivo de depressão na minha cabeça, que crescia em proporção geométrica a cada quilômetro rodado, a começar pelo azedume de me ver vítima de uma sensação ruim contra a qual eu não tinha nenhuma defesa, exceto lembrar, como numa reza macabra, tudo que de pior eu via em você: uma mulher vaidosa, bêbada, fútil, ignorante, vulgar, drogada, promíscua, uma mulher completamente vagabunda — e cada versículo da minha ladainha furiosa mais me enfurecia ao avesso, porque tudo que o Professor Doutor dizia para ele mesmo reforçava nele a imagem exata do mais troglodita e peludo macho prestes a esmurrar a esposa trabalhadeira até a morte só porque ele suspeita de...

Eu suspeitei, meu amor! A verdade, nada mais que a verdade! (Continuo crendo religiosamente que o amor é a forma mais sofisticada da ética, uma ética de terceiro grau, que despreza a lógica e a moral mais corriqueiras do consumo cotidiano, para se sustentar rigidamente no acordo mútuo — e nesse nosso acordo amoroso sinto a necessidade imperativa da verdade. Não posso, não devo passar sem ela, ou então não há diferença alguma entre você e o resto.) E eu suspeitei de quê? De que Deus não existia? De que o jantar seria um lixo? De que você não me ama? Nada disso. Eu suspeitei de que a tua outra mão pesquisava as coxas do Macedo, oculta sobre a bolsa negra de couro sobre tuas pernas de meias negras, que as duas mãos agiam em nome da simetria universal de todas as coisas. À tarde, nua sobre o meu corpo nu, você havia me dito que o mundo era simétrico, que a simetria era uma cabala — e poucas horas depois o professor interpretava, na prática, a tua metafísica.

Assim, descemos do carro no pátio do restaurante, eu torto por razões mentais e anatômicas, você empreendendo uma discussão com o Macedo que se estenderia noite adentro, quando o outro carro despejou mais gente, e de irritação a irritação nos vimos separados por uma distância de três metros na mesa. Foi a pior lasanha que comi na minha vida, massa de chumbo na alma, mal derretida por aquele horroroso vinho de jarra que fui bebendo sem prudência, um desejo histérico e mal controlado de virar a mesa, o sentimento de fracasso, de homem enganado, a triste sensação de desprezo e de ressentimento, tudo por causa de dedos imaginários nas pernas de outrem, uma desordem impregnada no fígado, eu não preciso dessa merda que estou passando, sou um homem respeitado e equilibrado, tenho uma obra digna atrás de mim, nada há na minha vida que me envergonhe, sempre pautei meus atos pela mais rigorosa ética pessoal, eu... — e quando vi você brindar no copo do Macedo em meio a uma gargalhada feliz — quantas vezes não treparam esses dois, entre uma filmagem e outra? — levantei súbito, para ir embora sem aviso prévio, mas desviei inexplicavelmente para o banheiro, a tempo de fechar a porta antes que percebessem minhas lágrimas. Lágrimas, minha Sara! O Professor Doutor Frederico Rennon, na valeta dele mesmo, peida, arrota, chora, cospe, enfim vomita, um bicho grotesco, torcendo as vísceras, virando-se do avesso, relâmpagos infernais na cabeça: o que ela está dizendo de mim para ele? A imagem de vinte e cinco anos passados, a mancha de sangue na parede.

Ficar em pé, que difícil engenharia! Pálido no espelho, jogando água no rosto. Um homem... não; basta. Apenas um homem num mau momento. Todas as pessoas do mundo escorregam por esse limiar de navalha, que afinal não é coisa alguma, apenas o velho fantasma da infância fazendo caretas sob o lençol rasgado. Basta acender a luz e o terror desaparece.

Voltei à mesa, tão seguro de mim — o simpático, o elegante, o agradável professor Rennon — que ninguém notou nada nem disse nada, mesmo porque eu não era nada naquela noite, se eu tivesse ido embora sem aviso naquele primeiro impulso, também não iria acontecer nada. Você continuou o centro das atenções até o fim, sob o meu olhar atento, surdo e tenso, sempre pensando no que não estava na minha frente — e a máquina da minha lógica, copo a copo, não conseguia decidir se eu estava irritado por ciúme, a forma mais estúpida de ser criança, ou por desprezo, a face mais idiota da superioridade. O que eu queria, esganiçado, era unir a nudez comovida da tarde com a algaravia afetada daquela noite — o que eu queria, meu amor, era encurtar aquela inexplicável distância, o sofrimento inútil da nossa distância. E o senso de perseguição! O medo da vigilância! De que poço eu tirava aquela presunção de que o mundo inteiro enviesava os olhos na minha nuca? Perto de Sara Donovan, quem se interessaria pelo monótono historiador? Talvez apenas em pequenos relances, para constatar piedosamente a pequenez alheia. Era tirar essas conclusões fragmentárias e miúdas, a complementação mental do vômito, para mais sofrer a química da depressão.

Duas horas depois — a patetice daquele bate-boca cultural entre você, o Macedo, a Odélia e mais os quatro aderentes (sem falar nos dois demorados pedidos de autógrafo da mesa vizinha, a mocinha espinhenta e aquele senhor respeitoso que não largava a tua mão por nada desse mundo) não terminava nunca! — duas horas depois nos levantamos e finalmente você me dirigiu a palavra:

— Afinal chegamos a um acordo sobre *As minas de prata*, Frederico! Esse teimoso do Macedo concordou comigo!

O simpático Macedo te deu abraço apertado, carinhoso, comovente:

— Sarinha, é impossível discordar de você! — E o tapinha ambíguo nas minhas costas, com um piscar de olhos de quem em nenhum momento te levou a sério: — Você não acha, Rennon?

Eu sorri, solidário, gaguejando alguma coisa atropelada por três vozes ao mesmo tempo, no fim da fila da porta de saída. Solitário, olhei para o céu e para as estrelas, suspirei fundo, senti o frio amigo de Curitiba, a tontura suave de quem finalmente escapa ileso do inferno, pensei por um segundo na minha filha ausente, pensei no beco escuro de vinte e cinco anos atrás, pensei no poder da simetria, na Roda da História, pensei no renascimento e na reconquista, pensei na minha nudez como quem toca um talismã. Mas era tarde: você, Macedo, Odélia e um adendo da Fundação já fechavam as portas do carro, sobrando-me o outro, com o motorista garantindo que nos deixaria a todos, mais três apêndices, em casa. É verdade que você ainda gritou, meia cabeça para fora, enquanto o carro manobrava: Me liga amanhã, Frederico!

Sara, meu amor: se você soubesse o que... Não. Basta. São cinco horas da manhã e estou suando. Esse meu coração. Devo ter um lado masoquista muito forte para chafurdar em todas as minhas lembranças, sempre as piores. Amanhã continuo. Você aguarda?

A ética do amor! Eu me pergunto até que ponto Sara Donovan acreditava no meu pai. Não há como saber, a não ser que ela resolva publicar uma outra versão — *A verdadeira história de Frederico Rennon e sua amada* — para contestar minhas calúnias e também para ganhar dinheiro, o útil e o agradável. É possível que acreditasse. As atrizes acreditam em qualquer texto — vão logo repetindo as frases em voz alta com as inflexões mais convincentes.

Pois interrompo essa água-com-açúcar meio chata para restabelecer os fatos daquela noite. Assim, quando vocês lerem a carta 14 já terão dados para preencher as lacunas (convenientemente) deixadas por meu pai. Talvez apenas um cacoete de historiador: ignorar um fato é suprimi-lo do mapa. É só querer. O desejo é a maior força de transformação do mundo. Basta a vontade para fazer desaparecer um filho, uma filha, uma mãe da nossa vida. Fernanda protesta: a emoção é má conselheira. Mas como ignorá-la sem mentir?

Vamos lá.

Eu estava à janela quando o táxi chegou com o passageiro destroçado. Do alto vi o professor acenando para o motorista e para mais alguém. Ficou em pé, na calçada, um círculo cinza e semovente no mesmo lugar, à espera de que o carro desaparecesse de vista. A figura achatada — eu poderia lhe acertar um tijolo na cabeça se apenas estendesse o braço e largasse os dedos — voltou-se sobre o eixo incerto e investigou a portaria. Desta vez não acenou para ninguém, e pôs-se a andar de volta para a cidade.

Então obedeci à minha intuição. Fechei a janela tão silenciosamente como pude, desliguei a televisão esquecida em volume baixo no quarto da minha mãe, guardei meu caderno de poemas ainda pensando no último verso (*a solidão despedaçada*) e desci para a rua, com a intenção de perseguir meu pai.

Lá ia ele, na rua escura e vazia, no zigue-zague das pernas, em diagonal pelo asfalto, conferindo atentamente as esquinas. Meu pai! Um homem que jamais olhava para trás! E pelo desenho dos passos o que ele via na frente era alguma espécie nova de susto, ainda sem registro bibliográfico. Expondo-me descuidado à luz dos postes e ao farol errante dos carros, senti um desejo de gritar *Olhe para mim! Eu estou sabendo de tudo, seu Frederico Rennon! Ninguém se esconde assim a vida inteira!* Mas ele não olha nunca para trás: olhar para trás é um hábito de quem avança, só para sentir o prazer do que se deixou, e ele esteve sempre no mesmo lugar. Ou talvez tivesse medo da máquina do tempo, de olhar para trás e cair naquele passado bruto e obscuro que ele ainda não ousava dizer.

Mas eu logo percebi que havia lógica — mais do que bebida — naquele zigue-zague esquisito, naquela conferência das esquinas, dos becos, das novas ruas: ele estava em busca de um telefone público. Uma espécie de fugitivo agoniado com uma última ficha na mão — nenhum resto de elegância no começo da madrugada. Foi avançando voraz de telefone em telefone, aparentemente não encontrando o que queria, mas não desistindo. Que conforto saber exatamente as raízes históricas do Ciclo do Café! Mas e quanto a uma mulher, o que fazer!? Assim lá ia o bêbado ferido reassumir o controle de sua História, momentaneamente nas mãos — ou em outra parte — de uma senhora fugaz.

Foi muito boa aquela caminhada — meu pai tem razão, caminhar faz bem para a saúde. Minutos depois cruzamos o Alto da Quinze, despencando em direção à Universidade, sempre com descansos estratégicos (e inúteis) em orelhões de esquina.

Iria ele até o hotel? Aparentemente sim. Mas então ele desviou-se do caminho lógico, dobrando à esquerda, e diminuiu o ritmo dos passos (quase pus em risco minha perseguição ficando a menos de cinco metros do pai, os sapatos barulhentos, mas ele continuava sem olhar para trás). Ele seguia uma espécie de contorno da dúvida. Quem sabe voltar, esquecer essa queda?

Agora ele diminuía bastante o passo. Era muito provável que fosse cansaço, certamente era cansaço, mesmo para um homem tão bem de saúde como ele — mas era principalmente a pausa metafísica de quem, chegando inutilmente até ali (onde?), pensa melancólico na vida. Numa vida que, numa breve sucessão de lances sem controle, de uma hora para outra, ganhava uma dimensão absolutamente ridícula. Anos a fio desenhando a bico de pena os contornos caprichosos de um mapa pessoal de alta qualidade gráfica, e súbito um gesto de braço derrama o tinteiro indelével sobre o único pergaminho.

Uma trapaça inesperada. Bem, o meu próprio pai diria que a História é uma cadeia permanente de Trapaças, mas trata-se de Grandes Trapaças, Desastres Napoleônicos, Túmulos Piramidais, Vidro Moído na Garganta do Papa, Bombas Atômicas, Toneladas de Petróleo Bruto no Mar dos Golfinhos. Nenhum parentesco com um pequeno homem que não consegue se livrar, madrugada adentro, para todo o sempre, de uma vagabunda elegante. Fantasiei — talvez apenas para justificar a perseguição um tanto indigna — que eu poderia estender a mão e puxá-lo para o alto.

Mas o ridículo é uma entidade familiar, espalha a irrisão, feito gosma, pelos laços do parentesco. Não temos mais para onde ir. Vamos, na melhor das hipóteses, para a mesa de um bar de terceira, como meu pai foi, depois de mais uma vez insistir no telefone público.

Uma e quinze da manhã, e meu pai solitário num boteco da Nilo Cairo, bebendo cerveja, os dedos rodando a ficha de telefone sobre a toalha suja da mesa, de um lado para outro, como rodinha avulsa de um trem da infância. Nenhum homem, principalmente meu pai, merece isso. Refleti algum tempo sobre o risco de falar com ele. O pior que poderia acontecer era ele me perguntar se eu ainda estava mexendo com drogas. Eu não ficaria irritado desta vez. Diria: *Não. E o senhor?* Sorri: aquilo me pareceu uma boa resposta para guardar de reserva. Atravessei a rua imediatamente antes que perdesse o impulso e me aproximei do balcão. É claro que, cabisbaixo, ficha de telefone para lá e para cá, ele não me viu. Minha ideia era comprar um refrigerante — o ideal seria um copo de leite, mas não me pareceu adequado — e ir casualmente até a mesa dele, pedindo licença. Mas eu não tinha dinheiro. Assim avancei direto e fiquei em pé diante dele. A ficha fez uma curva na mesa, perdeu o equilíbrio e tombou na toalha. Então meu pai levantou os olhos. Eu esperava alguma surpresa, que não houve. O olhar indiferente de uma pedra:

— O que você está fazendo aqui?

Na verdade, ele não queria resposta alguma. Assim, nem respondi. Puxei a cadeira e sentei, com um certo desafio. Eu sempre tive medo do meu pai. Quem sabe estivesse próximo o momento de eu superar essa barreira de granito. Ele poderia começar por uma pequena e comovida confissão de fraqueza. Eu seria um pouco duro com ele, talvez até rude em uma ou outra palavra, mas tudo isso seria superado em poucos dias, como deve acontecer entre duas pessoas adultas. Não abri a boca. Ele pegou a ficha, o olhar fixo no telefone da esquina, e levantou-se.

— Espere aí.

Atravessou correndo a rua, como um moleque. Agora eu não podia ir atrás, porque havia uma cerveja a ser paga, eu não tinha dinheiro e o garçom olhava fixo para mim, sem entender aquela estranheza. Imaginei o pior: o meu pai vai sumir, e eu vou ter que deixar o relógio aqui, depois de uma lenta e suada negociação com o garçom. Pior que tudo, perderia a pista do velho, depois de uma perseguição tão bem-sucedida.

Mas ele voltou, com uma rapidez aflita, largou uma nota na mesa — *Pague a cerveja!* — e antes que eu pudesse pensar ele já entrava num táxi que freou abrupto ao seu aceno frenético. O garçom, involuntário cúmplice do meu pai, levou horas para me trazer o troco. Algumas notas no bolso, eu já sabia exatamente para onde ir: para o hotel, não muito longe, na rua Tibagi. Se eu corresse, cortando caminho, talvez chegasse antes mesmo do carro.

Não antes, mas a tempo: já da esquina vi o táxi em frente ao hotel, luz apagada, motorista à espera. Mas seria o mesmo? Avancei pela calçada oposta, numa sombra espessa, e vi: lá estava meu pai indócil no hall do hotel, dando dois passos para cada lado. Aquilo demorou, mas não tanto desta vez; encostado na parede escura, esperei com ele vinte e dois minutos, até que Sara Donovan surgiu, inteira de amarelo, os dois entraram no táxi e desapareceram.

Carta 14

Curitiba, 14 de outubro de 1993.

Mais tranquilo hoje. Até que não é tão mau você passar dez dias em Salvador. Isso me dá tempo. Tempo é tudo que um historiador precisa para viver. Acho que estou inventando um novo método investigativo: a Tomografia Historiográfica Computadorizada. Passo a lâmina da memória várias vezes sobre o mesmo ponto do tempo e obtenho uma imagem holográfica, em terceira dimensão, multifacetada e multissensorial do meu olhar estilhaçado. Não foi exatamente para isso que estudei a vida inteira, mas a tua presença — não, a tua carne — cortou todos os barbantes do meu próprio espetáculo. Talvez um filme, sob outra direção que não a do Macedo, fosse o veículo mais apropriado para eu me ver em pedaços, mas o simultaneísmo é uma ilusão conceitual: desgraçadamente, pés de barro na terra, só conseguimos ver uma coisa de cada vez. Se estão todas as coisas na tela ao mesmo tempo, reconhecemos apenas o mostruário de bijuterias do contrabandista mental. Confusões de um velho que não acredita em disco voador.

Onde eu estava? Voltando mais uma vez de Santa Felicidade, tonto e azedo, sob a perspectiva insuportável de só falar com você no dia seguinte. A urgência é uma síndrome perigosa. Naquele início de madrugada, fui sugado pelo demônio da urgência. Cinquenta anos esperando, um dia de cada vez, uma página por hora, projeções descansadas na vereda do futuro. Súbito, não posso esperar! Não dá! O vômito secreto abriu um rombo na alma que precisa ser imediatamente fechado, para o bem ou para o mal — ou nunca mais vou conseguir dormir.

Era assim que eu estava, estrela guia da minha vida. Coloco uma transparência sobre minha carta marítima, e já seguro no porto, refaço a trajetória aprimorando a rota. Uma atividade tão tranquila nesse instante! Todos dormem na casa. Margarida sentiu uma dorzinha na coluna — mas o que ela queria mesmo era me estranhar, porque não fui ao trabalho hoje. Começo a imitar meu próprio filho, inútil, saindo de um quarto para outro, depois para a sala, então para a cozinha, de volta à sala, com passagem pelo banheiro, em seguida na janela contemplando a cidade, depois de volta ao quarto, e então o descaminho do corredor. Um espaço muito curto, mesquinho, estreito, mas como é sólido! Que segurança! Meu trecho preferido é o escritório: três metros num sentido, quatro metros em outro. O suficiente. E há uma parede inteira de livros, que (se você me perdoa a pieguice) é uma janela para o infinito. Basta olhar uma lombada e estou no Império Romano. Ou então aliso minhas próprias lombadas e fico mais próximo: a escravidão brasileira, o ciclo do café, a invasão francesa no século XVI. Onde eu estou? Na capa, na página de rosto, na própria lombada. Frederico Rennon. Um modo subterrâneo de dizer que eu não estou em casa, que eu nunca estive aqui, que este não foi, não é, não será meu lugar. (Vou reservar uma carta para decidir, com você, nosso futuro. Ainda não estou completamente pronto. Vinte e cinco anos de preparação! Estamos unidos pelo ritual da morte. Talvez você tenha razão. Eu preferia que não fosse assim. Que apenas a lógica nos unisse. Em defesa da fatalidade miúda: o que acontece, acontece porque é lógico. Nada mais que isso.)

Em suma: pedi (ou exigi) ao motorista que me deixasse no centro, ali pelo Teatro Guaíra mesmo. Os outros — duas mulheres, um homem — devem ter estranhado o tremor da minha voz, a urgência assustadora da súplica (mais um pouco eu abriria a porta e me jogaria na terra), porque calaram aquela algaravia imbecil sobre as altas qualidades intelectuais dos convidados — ela é maravilhosa, ele é um gênio — e me contemplaram no escuro como quem vê o estopim de uma bomba, o pavio fritando. O motorista freou, assustado — e no mesmo instante, sem despedida, o professor Rennon errou para fora do carro.

Dei alguns passos na praça, com a sensação ruim de quem é seguido. De novo senti a ânsia invencível da urgência e vomitei nos canteiros. Mas tudo era urgente demais para eu sentir vergonha. Corri a um telefone público e queimei minha única ficha: ramal ocupado. Fui torto até a farmácia e comprei não remédios, mas uma pilha de fichas. Depois a outro telefone, e outro, e outro, e você...

A urgência atrás de mim, esmagadora: mais um vácuo a ser preenchido, a explicação daquela explicação monótona da telefonista, ramal ocupado, aguarda? Não, eu não posso aguardar, é urgentíssimo, estou me afundando na lama movediça e mais um minuto eu me afogo pela eternidade, o seguro historiador é destruído por uma miserável pergunta sem resposta, um detalhe milimétrico com taxa de interferência no destino do mundo igual a menos zero — isso quando há milênios inteiros, civilizações completas sem resposta! — e eu tenho pressa!

Vou andando ao acaso em direção do hotel, os telefones engolindo minhas fichas uma a uma, está ocupado, aguarda?, sentindo a irritação de me ver ridicularizado por uma telefonista da madrugada, certamente um repositório de curiosidades, e o velho insistente era mais uma — ah se ele ouvisse o que a atriz tanto fala ao telefone!

Ainda está ocupado, senhor. Aguarda? Só faltava dizer: eu, se fosse o senhor, desistia. O senhor não quer que eu abra a linha para o senhor ouvir a conversa? E pouco depois, bocejando: Ocupado, aguarda? Aguardei num boteco próximo, tomando uma cerveja e rodando uma ficha na mesa como quem joga tarô. O povinho esfarrapado, bêbado e fedido da madrugada me olhava do balcão com o canto dos olhos ramelentos de curiosidade, agressão e inveja. Agradeci a Deus os poderes da Civilização Ocidental, que tão diligentemente enfiou na cabeça de cada miserável, desde o instante em que nasceu, o Respeito Ao Próximo, Por Mais Rico E Bem-Vestido Que Seja. É claro que, com a força da cachaça, as fronteiras sociais tendem a ficar difusas, incertas, nevoentas — o bêbado vai avançando, copo na mão, como quem não quer nada, à espera de que você, inadvertido, olhe para ele nos olhos, quando então ele te agarra pelo pescoço e você não tem mais escape. Eu previ o abismo do Inferno de Dante avizinhando-se naquela figura rota que, com falsa timidez, começou a cercar sua vítima, um Homem Distinto, no caso eu. Quando o homem abriu a boca esburacada com os gestos submissos do servo de gleba atrevendo-se a dirigir a palavra ao Barão Feudal — quem sabe Ele esteja de bom humor hoje? —, o Barão ergueu-se inesperado, jogou uma nota excessiva na mesinha (que o garçom recolheu num gesto mágico, instantâneo — obrigado, doutor!), passou pelo servo, que escondeu a decepção com a dignidade de uma pequena tosse, e correu ao próximo telefone público, quase no hall do hotel, já mal resistindo à ideia desastrosa de entrar lá direto, sem telefonemas intermediários: um Barão é um Barão, não precisa se desculpar, nem se justificar, nem sentir vergonha, nem nada — ele *é*.

Então você me atendeu. A tua voz surgiu estranhamente inesperada. E agora? Senti vergonha: como justificar um telefonema a essa hora? Gaguejei, atrás da razão — mas você foi tão doce ao descobrir que era eu quem falava que...

Mas isso é assunto para outra carta, meu anjo. A exaustão da catarse. Amanhece o dia.

Levei uma hora caminhando de volta para a casa materna. Uma noite nem fria nem quente. Também não exatamente agradável, vocês podem imaginar, mas isso era problema da minha cabeça. As noites têm esta boa qualidade: elas nos deixam sozinhos. No meu caso, completamente sozinho, o que me parece o ambiente perfeito para se pensar. Bem, não havia muito em que pensar, o que também é interessante, porque não nos dispersamos. Eu pensava em meu pai, na minha mãe e na minha irmã, e pensava muito em mim mesmo no meio dessas referências difíceis. Gostaria de ser capaz do impulso irresponsável que transformou meu pai, gostaria de esquecer tudo para construir por conta própria a minha utopia exclusiva, como o velho achava que estava fazendo. Mas não foi, não é possível. Sempre tive tantas responsabilidades — logo um inútil como eu! — que, asfixiado, não me deixaram fazer nada. Meu pai diria que as sequelas da droga são irreversíveis. Mas eu nunca desisti de nada, como ele. Suponho que hoje ele ficaria orgulhoso de me ver com a Fernanda. É muito difícil escrever sobre essa intimidade pesada para outras pessoas, que me veem como se vê um fantoche num espetáculo público. Se eu pudesse virar do avesso por escrito (e ninguém vira do avesso de modo algum, somos condenados a ter um corpo que nunca se vê, que todos os dias é desenhado ao sabor dos olhos dos outros), ah se eu pudesse. Até a minha frase é parecida com o meu pai. Porque, como ele, cada palavra que digo me condena mais, e eu não posso parar nem desistir. O máximo que eu posso fazer é iluminar o outro lado.

A minha mãe, por exemplo, a quem o velho se refere tão levianamente com uma piedade ligeira. Era só ela sentir dor de cabeça que ele se apressava a sussurrar: é psicológico. Imagino que as dores psicológicas não doem. São dores imaginárias de pessoas imaginárias que pensam que não podem se mover. A pessoa mesmo não existe, não há nada a se fazer por elas, além de presenteá-las com aspirina e com palavras suaves, enquanto se pensa em outra coisa.

Dona Margarida estava acordada quando cheguei em casa.

— Quem é?

Em silêncio, fui até o quarto escuro. Ela acendeu a luz de cabeceira e piscou os olhos assustada. Minha mãe sabe pelos passos quando sou eu que chego. E sabe que eu não gosto de responder quando me chamam — prefiro atender pessoalmente, mas ela sempre fica nervosa.

— Você foi passear?

— Andando por aí.

— O Frederico está no escritório?

Nunca disse a verdade sobre o meu pai. Às vezes me arrependo, às vezes não. Bem, a família não pode ser o território da verdade, ou não sobrevive. Aliás, a verdade nem tem território, é uma ave sem pouso, uma ameaça que carregamos no bolso e nos queima a mão. Nem sei por que a inventamos. Talvez para um alívio ético, como sonhou o professor Frederico. Precisamos de alguma coisa grande para crescer. Tudo inútil. Eu *sinto*: mesmo nos momentos mais inspirados e comoventes, o meu pai mente quando escreve. Nem nos momentos de paixão mais intensa, diante da mulher que o destruiu, ele é capaz de quebrar o vidro das conveniências. Um homem que mente com relação ao próprio filho. Um historiador!

— Não. Ele foi jantar com o pessoal do Ciclo. Deve demorar. Aquele pessoal fala demais.

— Está correndo tudo bem?

— Acho que sim. Alguma vez alguma coisa foi mal com o pai?

Dona Margarida sorriu. Lembrando bem, um sorriso duplo.

— Não. Acho que não.

— A senhora está bem?

— Assim assim. Um pouquinho de dor de cabeça.

Minha mãe tateou a cabeceira, pegou o controle remoto e ligou a televisão. Alguém se agachava atrás de um carro num estacionamento, arma na mão.

— Eu já vi esse filme.

E continuou vendo.

— A senhora precisa de alguma coisa?

— Não. Acho que não. — Talvez ela sentisse que estava um pouco seca com o filho. Estendeu o braço em minha direção, sem desviar os olhos do filme. Apertou carinhosamente meus dedos. — Vai dormir, meu filho. É tarde.

Um desejo súbito de escrever poesia. Peguei meu caderno com a sensação a um tempo estimulante e asfixiante de que alguma coisa deveria ser escrita com urgência para preencher um vazio. Esse é sempre um momento irresistível (e assustador) para quem escreve. Eu estava muito próximo das palavras, mas aquela escuridão não me deixou vê-las. Fiquei esperando meu pai, que não veio. Às onze da manhã, por aí, o velho telefonou, mas eu estava dormindo. Conforme dona Margarida me disse à hora do almoço, ele se sentiu mal na casa do professor Otávio, onde festejavam, e acabou dormindo lá mesmo. Minha mãe parecia tranquila, sem muita dor, colocando os pratos na mesa:

— O teu pai não tem mais idade pra beber desse jeito. — Ela parou, um prato na mão, como quem... não sei. E disse: — Ah, ele que faça o que quiser.

Carta 15

Curitiba, 15 de outubro de 1993.

Por amor à tua simetria, as cartas aconteceram de levar o mesmo número dos dias, o que por certo é bom augúrio, paixão da minha memória. Hoje despachei-as cegamente pelo correio, com medo de me arrepender. Estão numeradas no canto superior esquerdo do envelope, para que você as leia pela ordem, quando voltar. Começo a sofrer com a tua falta de telefonemas — minha paranoia está sempre pronta a ver o pior. Mas esqueço esse mal-estar pequeno. Distraio-me completando o nosso mapa. Um dia difícil, hoje. A Margarida foi ao médico à tarde. O de sempre, isto é, nada. A coluna está onde devia estar; a cabeça, não sei. Ela anda me estranhando, mas ela sempre me estranhou. Houve um momento em que nos perdemos e aí não há nada a se fazer, a não ser esperar. Cometi muitos erros. Ela também. Somados, não ficou nada. O pior são as metades: a filha ausente, o filho presente. Ou será o contrário?

E então você me arrastou pela escada abaixo do tempo. As pernas, as coxas no meu pescoço, de tal modo que me vi menino, no escuro, te vendo nua na sombra, e eu esganiçado de culpa, seco, sem choro, pensando no homem que matei. Que matemática precisa eu fiz para esquecer! E consegui: vinte e cinco anos historiando o mundo com a confortável luneta acadêmica. Agora não: tão próximo da minha história, que é integralmente você, me reconstruo aos pedaços, todos ao alcance da mão.

Não me esqueço: a noite ainda não terminou. Onde eu estava? Abrindo a porta do táxi para a musa de amarelo, belíssima! A tentação de perguntar que telefonema sem fim era aquele, que me engoliu tantas fichas, que me envelheceu e me humilhou, mas o motorista não deu tempo:

— Para onde?

Fui rápido, lembrando de uma propaganda da televisão:

— Estrada de Paranaguá.

O motorista me lançou um olhar safado pelo espelho ao mesmo tempo que você me beijava a boca. Velhos namorados num banco de trás da História. Ficamos saborosamente idiotas, entre línguas e cochichos.

— Que bom que você ligou...
— Saudade?
— Huhum.
— Mas você mal se despediu de mim.
— Você passou a noite sem me olhar. Dava até medo.

Achei graça.

— Então sou assustador?
— Huhum. O Abominável Homem da História.

Rimos. Com quem você tanto falava ao telefone? Felizmente, mordi a língua. Só agora tenho coragem de perguntar. Seria com o Macedo? Um acerto de contas com o Paulo? Paulo, por favor não insista. Acho que já chegamos no limite. Estou vivendo uma paixão com o Frederico e não quero perder isso por preço nenhum do mundo. Não, eu não esqueci nada do que você me fez, as coisas boas e as coisas ruins, mas por favor não insista. É o limite. Por favor, Paulo, eu vou desligar. Você não seja louco de vir a Curitiba. Acabou. Você entendeu? ACABOU!

— Você está triste, meu amor. Que aconteceu, Frederico?

A possessão dos demônios. Uma única portinhola aberta no cérebro, e lá vamos nós rastejando na escuridão dos mundos possíveis e os mundos possíveis são sempre o pior pasticho, a cópia mais deslavada do mais miserável imaginário social. Só somos originais mesmo vivendo; pensando, que desastre! Com você não acontece o mesmo, Sara? Estou usando você nesta carta para esta investigação miúda. Só mesmo por escrito eu teria essa coragem. Ao vivo, sou demasiado grande para me enxergar. E no entanto passamos quinze minutos trocando as bobagens do amor, numa doce infância. Enquanto isso, eu preparava um Discurso, *O Discurso*, que afinal pusesse Ordem no Caos. A Força Centrípeta da vida: tudo gira para a gente ficar sossegado no miolo. Com você é o contrário: tudo gira para a gente ficar sem roupa no meio da praça. Mas, graças à tua selvageria, não houve tempo para o Grande Discurso, cujos cacos bem-intencionados felizmente não conseguiram se juntar. (Bem, o Grande Discurso era apenas o aparato retórico da Grande Culpa Se Justificando Eticamente Pela Quebra do Contrato Social Vigente na Minha Cultura.) O motorista diminuiu a velocidade ao se aproximar da região dos motéis — e antes que ele me desmoralizasse com sugestões de um homem do ramo, estiquei o dedo: *Aquele ali*. A minha pose juvenil funcionou, porque você parecia agradavelmente impressionada:

— Hum, então é aqui que você vem sempre?

Como os namorados são ridículos! Haja coragem para escrever isso!

Representei o melhor que pude minha familiaridade com a Transgressão Moral, tanto quanto permitia meu pescoço invadido pelos teus dentes. Afinal, um homem que matou outro homem (ainda que, suponho, com todos os atenuantes e todas as justificativas previstas pelo Código Penal) é um homem, digamos, livre, ou suspenso. Ele não pertence mais ao gênero civilizado da espécie humana; move-se na sombra de Caim. Ele terá sempre algo a dizer, no mau sentido, porque os seres humanos não precisam dizer nada: eles podem, simplesmente, ficar em silêncio, se quiserem, e ninguém tem nada com isso. Há mesmo quem veja no silêncio o limite da paz. O homem suspenso, esse não: ninguém está olhando para ele, mas a cada segundo, no meio da rua, ele sofre a tentação de estender o braço para os outros e dizer alguma coisa. Mas ele não pode fazer isso, porque ninguém está interessado: todas as outras pessoas vivem tranquilamente. Por que contaminá-las com a nossa vertigem?

E o desespero se desdobra: afinal, o que eu quero dizer de tão importante que possa interessar alguém? E mais, o pior: *como dizer* o que quero dizer? O que quero dizer já está escrito no limbo da angústia? Pronto e acabado, como a caverna de Platão? Ou falamos porque não sabemos ainda o que vamos dizer? Abrir a boca será então rasgar a cortina do futuro — nunca se sabe?

Mas descemos do táxi na porta do motel — e o professor Rennon que se aproximou da portaria (mais uma caixa-forte que portaria) manteve o aplomb de quem está inscrito no cerimonial de abertura da Sociedade Brasileira para o Progresso da Ciência, tão convincente que o funcionário nem chegou a esboçar um protesto pelo inusitado avanço de pedestres num espaço exclusivo de automóveis. Somos uma civilização de automóveis! *Eles* que vão ao motel! E automóveis escamoteáveis, conforme fui descobrindo, minha Sara, enquanto você me alisava indócil entre (perdão) os ninhos do amor, todos numerados nas alamedas curvas do labirinto.

Das quinze possibilidades de apartamentos — com cascata, sem cascata, cama rolante, cama roliça, lareira de néon, piscina térmica, tríplice ducha, travesseiros de seda — escolhemos o mais simples. Eu escolhi, a cabeça meio torta pelos teus dentes no meu pescoço. Um exagero, minha Sara! Os dentes, eu digo. Não tanto por economia — isso a escolha —, mas pelo mais legítimo espírito imigrante da ética do trabalho. Por que desperdiçar?

Em tudo o sabor da conquista, como dizem as propagandas de cigarro. A torta navegação da noite ia chegando a algum destino, talvez pequeno demais para a extensão dos projetos, dos riscos do desespero, para o tamanho do fim. Porque afinal eu não tinha mais propriamente esperança quando coloquei a última ficha. Você, minha Sara, é a síntese. Um homem precisa de alguma síntese, em algum momento da vida. A História pode não ter finalidade alguma — e, em que pese o ponto-ômega da minha infância, ela de fato não tem; mas nós, o 0,000001 por cento, nós temos finalidade. A construção da consciência é a arquitetura de um projeto, que um dia deve ficar pronto. Agora, neste exato instante em que escrevo à minha Sara ausente, descubro que descobrir quem sou (se eu chegar a esse ponto máximo) será o ato de comunhão com a Estrela Maior. Uma espécie de chave. Aquela que não é mas pode ser o que quiser — é só abrirem a cortina.

De novo me assombra a identidade entre amor e morte. Aquele fantasma, que você silencia mas lembra. Lembra mesmo? Estou com a chave do motel na mão, mas preciso antes abrir outra porta. A antiga versão do mapa, o pergaminho de vinte e cinco anos atrás. Serei rápido, como fui. Lembra?

Entramos no beco sem saída, esse o fato. A cavalaria na Avenida, a multidão (quantos?) de estudantes revolucionários derrubando alguma bastilha. O jovem Rennon completamente reduzido a nada — em um segundo algum cavalo meteria a pata na minha cabeça e adeus ponto-ômega. Um pequeno animal encurralado pela História, a brutal desproporção entre mim e eles, o pobre de mim, que naquele instante congelou-se diante da navalha simplória da violência. Então *isso* é a revolução? Para entrar no Paraíso Terrestre — o pão cristão distribuído entre todas as ovelhas do Novo Mundo — bastava vencê-los. Não eram pessoas, indivíduos, identidades precisas: eram peças da máquina da História, fantoches metafísicos do Grande Relógio, que, implacavelmente, inapelavelmente, acabaria marcando a nossa hora. Então, com as doze badaladas do Destino, o tempo suspenso faria da História — finalmente — um objeto imóvel. Pequenos reparos, aqui e ali talvez, uma demão de tinta, quem sabe, a substituição de um parafuso, é provável, mas nada mais mudaria a solidez arquitetônica da ausência de futuro, de passado, de presente. Ecce homo. Um suspiro aliviado. (É incrível, meu amor, mas eu acreditei piamente nisso.)

E ali estava ele, o homem que eu matei. O dedo-duro tirando fotografias, oculto nas sombras do motim. Um beco: dez metros por três metros. Você me puxou com violência. A falastrona, a presunçosa, a agressiva, a vulgaríssima Maria que nos fez perder quatro horas de discussão teórica sobre a igualdade dos sexos, agressivamente desconfiada de que o aparelho inteiro e a nossa Revolução era de substância masculina e que não mudaria nada de coisa nenhuma nos fundamentos da família. Ora, diríamos, destruir a família, que estranha reivindicação! Que importância tem a formalidade da família na ordem social e econômica das coisas? A família, como a televisão, é um instrumento neutro. Tem programas bons e programas ruins. É só saber usar. Casar, ter filhos, conviver sob o mesmo teto, tudo isso tanto faz como tanto fez, pode ser bom ou ruim, depende do conteúdo do programa — o que realmente importa, o motor da História, esse está em outra parte. Quanto à mulher... Bem. Não há o que fazer com respeito à determinação biológica da maternidade. Sim, é claro, todos aqui entendemos o que você quer dizer, dona Maria — mas se você pensar um pouco mais verá que a infraestrutura econômica é o xis da questão. Há prioridades fundamentais na Revolução, e a mulher (talvez pensássemos na mulher camponesa, a heroína do Realismo Socialista) cumpre um papel enorme nesta luta. E você fazia tanta questão de ser bonita, Maria! Lábios sempre bem pintadinhos, o gosto burguês das roupas, uma certa soltura nos gestos, alguma coisa parecida com liberdade própria. Ora, não existe liberdade própria, pessoal, intransferível. A liberdade é um acordo coletivo. Qualquer um sabe disso. Aquilo me (nos) agredia um tantinho. Você me assustava, na verdade. Assim, a tua sugestão de incluir naquela pauta ridícula da manifestação um tópico sobre igualdade sexual... naqueles *termos*, assim tão *crus*... francamente. Nós ignoramos. Uns moços tão bem-educados, você não acha? Simplesmente ignoramos. Nada de discussões estéreis. Descartamos a tua indignação com um sorriso irritantemente compreensivo. Ela não está madura.

Qual a diferença entre um seminarista e um revolucionário? Nenhuma. Um homem que tem uma missão a cumprir é um garoto de recados metafísicos. É o pior tipo de venda da alma, porque não tem preço e suprime tudo que não é sonho. O sonho só é realmente sonho se temos meia perna bem enterrada no chão. Assim no ar, o sonho é uma espécie de idiotia — e muito frequentemente perigosa. Mas por que escrevo isso? Sim, eu era as duas coisas, o seminarista e o revolucionário, Deus e o Diabo, e um não vive sem o outro, são os irmãos gêmeos da História, figuras camaleônicas que trocam os papéis tão súbito que...

Sara: eu estou terrivelmente confuso. Travado, diria você. Pior: chato. Estou com a chave na mão, a do motel, e não consigo abrir a outra porta, a da História, digamos assim. Nem uma, nem outra.

Sinto uma saudade terrível de você, minha Sara. Não faria mal se você me telefonasse. Agora a minha chave é você — sem você, não posso abrir nenhuma porta. Temos muito a conversar, muitos planos para nós dois. Eu sei que quando a gente se encontrar, toda a planta do meu futuro será destruída por uma risada. Tanto melhor: faremos uma planta a dois, fundiremos nossos opostos para a remissão — ou redenção.

Estou cansado. Está amanhecendo em Curitiba. Sábado. Deveria ir à Universidade — pencas de serviço acumulado — mas não vou.

Amanhã continuo. Vontade de prosseguir conversando com você, de não sair da frente deste computador — vontade de esgotar todo o oceano barulhento de palavras para chegar, finalmente, ao silêncio. Ao bom silêncio.

Carta 16

16/10/93

Estrela:

Prosseguimos com a simetria, neste sábado azul de Curitiba. Cartas. Não consigo fazer mais nada. O arqueólogo desenterrando a cidade que ele mesmo habitou. Ele não sabe o que vai encontrar, mas pressente alguma coisa grande, fundamental, assim que as mãos escavam a primeira telha, um trinco, um vaso, uma memória — e aí ele não pode mais parar. Eu não posso mais parar.

Sei que você ligou hoje pela manhã. Margarida está estranhamente revitalizada, com uma força de vontade, e até um certo humor, que tem algum toque esquisito. Todos sabem: problemas de coluna são basicamente mentais. Talvez você esteja fazendo bem a ela também. Porque ela sabe: percebi na hora do almoço, só eu e ela à mesa. Disse que uma aluna de sotaque diferente tinha ligado para comentar uma monografia sobre o tráfico de escravos no Paraná. Que imaginação, Sara! Mas a entonação da atriz não engana — ou engana bem demais, com excesso de detalhes, para ser verdade. Ligue sempre à noite. Preciso ouvir tua voz. E precisamos nos ver em breve porque nossa vida vai mudar. Luz!

Dei uma caminhada depois do almoço. Eu estou comovido. Arrepios na pele, este sol, a poderosa lembrança de você. Fui transformando o cinza e o azul bem-comportados de Curitiba em amarelos e vermelhos de Van Gogh. Não são as tuas cores prediletas? Como se eu entrasse fisicamente nas curvas e nas texturas do óleo, pinceladas de Van Gogh, curvas de Gauguin, os volumes de Cézanne. A cidade inteira colorida, e eu vagando no meio das plantas vivas de tinta. E caminhando, me investigava: por que estaria eu condenado até o fim dos tempos a ser o que sempre fui? Por que um homem não pode mudar? Por que um homem não pode, súbito, tomar outro rumo? *Entrar* nas cores, na carne de outro projeto de vida? Transformar-se, de fato — e de direito. Sim, é ainda esse pequeno freio que me tortura: o direito. Temos o direito de nos transformar? Até que ponto? Quais são os exatos limites do renascimento humano?

Você tem razão, minha esotérica querida: tudo está em tudo. O braço se move quando o corpo autoriza — e só assim, ou quebra.

O corpo. Lá estávamos nós diante da porta, novamente. Bíblicos: era a porta do inferno, e o inferno era bom. Um quarto de motel é um templo estranho! Há um gritante mau gosto em cada detalhe — é preciso quebrar as resistências naturais dos usuários, no território pollockiano do sexo. A decoração atira para todos os lados, cega e fartamente, porque nunca se sabe que tipo de timidez — ou arrojo — abrirá a porta. O escuro, os espelhos, as banheiras, o mármore, o plástico, o frio, a tevê, os quadros, o carpê, o papel de parede, o império do falso vermelho — nenhum centímetro vazio! Vazios estão os visitantes, muitas vezes sem ar, pálidos, trêmulos, assustados no momento das primeiras núpcias; ou cheios de vento, batendo no peito, tratores pelados. Ficar nu. Não foi para isso que nascemos. Nascemos para nos encher de coisas, roupas, objetos, pensamentos, cumulativa e ininterruptamente. Tirá-los, um a um, livrar-se dos objetos e das memórias é uma tarefa complicada, como o jogo do tai-pei — um ladrilho não pode sair antes do outro e quase sempre ficamos metade nus, metade compostos. Não no nosso caso, não naquela noite, meu amor — minha perseguição movida a fichas de telefone no osso da madrugada recebia sua recompensa, o desespero evaporando-se na presença física da mulher amada. Uma perfeita comunhão: a ideia da mulher amada e a própria mulher amada, ambas no mesmo corpo. Você. Você não me deu tempo — ainda bem. Agarrou-me, beijou-me, mordeu-me, rasgou-me diretamente para a cama, de tal modo que abençoei a escuridão vermelha que não me deixava ver nada. O sexo pelo sexo: quem disse que isso é ruim? Claro, era *você*, mas era como se não fosse, como se fosse um pássaro. Memórias de um velho reprimido. Travado. O professor Frederico Rennon liberou trinta e cinco toneladas de desejo. Como quem recupera, num difícil trabalho de laboratório, o negativo em preto e branco de vinte e cinco anos atrás. O teu bico de seio na penumbra da juventude.

Mas não me fale de vinte e cinco anos atrás, um quarto de século, minha Estrela! Eu esqueci.

Purificado até a última pele da alma, eu me via no espelho hexagonal do teto, com friso de ouro e prata, até que você resolveu ligar a televisão, não propriamente para ver, mas para sentir. De início achei curioso — nunca tinha visto pornografia antes, desde a adolescência, quando abri um caderno ensebado com desenhos grotescos que dispararam meu coração. Tão violento o choque que fechei aquilo para nunca mais. O amor é outra esfera, foi assim que decidi, romântico, e levei ao pé da letra, virgem, até o casamento com Margarida. Você quis saber como era com Margarida. Era bom, muito bom, talvez porque nem eu nem ela tínhamos referências. Nós criamos o nosso mundo, e isso foi ótimo, enquanto havia água no poço.

Um belo sábado, hoje.

E então, a orgia. Três mulheres, dois homens, todos compartilhando a dança lenta e repetitiva do sexo em closes tão próximos de todas as penetrações possíveis do mundo da física que em momentos estávamos vendo uma exposição de telas abstratas. Mas não por muito tempo: era preciso lembrar sempre ao espectador, com a grande angular, a natureza do que se estava vendo, e o que ele via era uma espécie de (vá lá a imprecisão) natureza não mediada pela cultura (no sentido antropológico da palavra). Mas que força! A força da repetição. O demônio (é inevitável essa palavra) punha a mão na nossa garganta e nos virava do avesso e súbito nosso corpo não é mais nosso e avança para outros corpos, o que estiver à frente, como o teu corpo estava, Estrela nua, e então de novo nos agoniamos. A impressão é a de quem toca o limite, a fronteira entre natureza e cultura, mas a cultura estará sempre presente, pondo ordem no caos. E aqui está Ela, a Cultura, pondo um freio na minha boca para que eu não caia na tentação (vulgar? primitiva? kitsch?) de dizer as coisas pelos seus próprios nomes, como se os nomes fossem entidades autônomas sem falantes nem ouvintes. Assim: Não. Não vou dizer. Você sabe do que eu estou falando.

Não ria, minha Estrela!

Morro de inveja da tua capacidade de se entregar tão completamente. Uma mulher sem superego. Nenhuma censura. Bem, você já era assim naquela época, e o que me faz pensar é o fato de que justamente por você não ter superego você se agonia diariamente em busca de referências e discos voadores. Uma mulher "perdida"?

Não na cama, certamente. As delícias do esquecimento!

O motel suspende o tempo. Quer dizer, não há janelas!

Assim, quando saímos — e como demoramos para sair, um beijo atrás do outro, eu abro tua blusa, você puxa meu zíper, e lá vamos nós, de bruços, tudo de novo, você me mata, um homem de 50 anos! —, quando saímos a brutalidade do sol, a estranheza daquela rua curva de apartamentos paramentados, as cortinas listradas escondendo os carros, uma faxineira fingindo não nos ver entrando atarefada por uma porta, e nós piscando os olhos, eu de mãos dadas com a minha deusa pagã. Sim, é um princípio ético. Se eu estou feliz, por que não posso continuar a sê-lo? O que me impede de levar o paraíso comigo durante os dias que me restam? Eu tenho, mais do que o direito, a obrigação de ser um homem feliz. Livre? Não exatamente livre — inventamos a liberdade como um grau altíssimo na escala Celsius, impossível de ser alcançado porque o fogo devora — mas que sempre temos em vista para descobrir o tamanho do nosso sapato. Livre não, mesmo porque não me interessa a liberdade sem você. Essa eu já conheço. Descontada a liberdade, por inútil, desenho minha carta marítima do futuro com outro parâmetro: felicidade. Sei, a palavra é ridícula, desgastada até o osso por mau uso, mas não me ocorre nada mais preciso. E depois, que importa a palavra? Você sabe: nós dois nus, e a vertigem. A vertigem me fascina. Fixá-la, até onde a vida alcança.

Sara, minha Estrela: você me transforma num... digamos, poeta! A fragmentação do olhar, a coisa em si, a fatia autossuficiente, plena, exuberante, orgulhosa da própria voz, mesmo no deserto. Sem nota de rodapé nem referência bibliográfica. Eu estou aqui, tal como você me vê. Um enlouquecimento tranquilo, eu diria. Talvez você tenha razão: o Destino, Nosso Senhor. A roda do tempo voltaria ao princípio, e o meu princípio adulto era você, desde o momento em que você arrancou aquela máquina fotográfica das mãos dele, e súbito eu me vi diante do Juízo Final, e o Juízo Final era ele com um canivete na mão, brilhando no escuro como o sol de Mersault, mas tão rápido que eu não tive tempo para... ou tive? Fui meu próprio gatilho, o batismo de sangue do seminarista assustado.

Não sei por que estou de novo aqui. Isso dói! Que tarefa medonha é o esquecimento!

No dia em que meu pai escreveu a carta que vocês acabaram de ler, minha mãe levantou-se no momento em que ele foi dormir. Ela parecia bem — muito bem. Uma mulher disposta num belo sábado azul.

— Sabe que a aspirina agora resolveu fazer efeito? O teu pai deve ter razão. É psicológico.

E dona Margarida punha o café na mesa, assobiando. Ironia? Vigiei minha mãe, desconfiado de que aquela felicidade não passava de um outro teatro. Mais um. Talvez minha casa fosse mesmo um palco de falsidades, pensei então. Eu, o único autêntico. Errado, talvez; mas autêntico. Nenhuma concessão a nada e a ninguém.

Dona Margarida sentou-se à mesa e olhou para mim.

— Por que você não toma um banho? Todo descabelado, fedendo.

Uma manhã de choques. Afinal, eu sempre estive do lado dela, mas a família, como o Exército, tem uma hierarquia rígida. Pais são pais, filhos são filhos, sargentos são sargentos. E nesse caso ela tinha razão, ponderei em silêncio: a noite inteira no sofá da sala, dando duro nos estudos mas de ouvidos atentos ao escritório. Após longos silêncios — em que planeta estaria meu pai? — súbito disparava o murmúrio do teclado lá do computador, onde ele filosofava para a paixão de sua vida. Depois — eu ouvia os sapatos — ele andava para lá e para cá. De repente um espirro. O pó da sabedoria. Rangido da cadeira. De novo o teclado. Pausa demorada. Teclado. Nenhum telefonema. Eu sorria. *Nenhum telefonema*. A grande atriz descartava o pequeno Fred. Imaginei: no exato momento em que ela embarcou no avião, o pequeno Fred evaporou-se da sua memória liquefeita. Carpe diem!

(Não digo essas coisas por prazer. Eu senti cada uma das palavras que estou escrevendo agora. Conto os fatos para melhor compreendê-los, e a compreensão é uma atividade impiedosa. A coisa em si. Que interessa, se é meu pai? Também sou impiedoso comigo mesmo: é verdade, eu estava há dois dias sem tomar banho, vestindo a mesma roupa e dormindo no sofá. O sentinela da família.)

Bom filho, justifiquei-me:

— Eu acabei dormindo na sala.

— Tome um banho. Troque a roupa.

Ordens carinhosas de uma boa mãe.

— É claro.

Mas o telefone — agora sim — tocou. Não tive tempo de chegar antes. Minha mãe demorou a dizer alô — uma chamada a cobrar. Disfarcei, beliscando um pão. Enfim:

— Pois não? Não tem problema, tudo bem. Sei. Sei. Ele está dormindo. Você não quer deixar recado? Sim? — Minha mãe ouviu durante algum tempo. — Pois não, pode ligar à tarde.

— Quem era?

— Ahn? Ah, da Universidade.

Nenhuma sombra no rosto dela. Ou dona Margarida insiste em não perceber o óbvio, ou... (descobri um quase sorriso nos lábios dela) ou ela estaria armando um contragolpe que mudaria completamente o status quo caseiro? Fiquei inquieto.

Tomei um banho demorado, tentando desvendar a estratégia do meu pai — e, principalmente, a estratégia da minha mãe. Eu continuava inquieto. Pelo rumo das coisas, pelo frenesi que o velho vivia, um frenesi que começava rapidamente a perder o controle... Um instante difícil.

À uma da tarde ele acordou. Descabelado, o velho pijama, pés nus, entrou na sala e antes mesmo de dizer bom dia olhou para o telefone. Uma visível perda de controle, mal disfarçada pelo falso bocejo:

— Alguém ligou?

Minha mãe abriu a panela de carne ensopada e conferiu o que estava lá dentro. Um alheamento medido:

— Hum? Ah, ligou uma aluna da Universidade. A cobrar. Disse que telefona de tarde.

Meu pai sentou-se à mesa imediatamente.

— Esses alunos! Eles...

Ia prosseguir mentindo, mas desistiu. Um silêncio gelado deixou-nos a todos, por alguns segundos, sem chão.

Carta 17

Curitiba, 17 de outubro de 1994.

Minha Estrela:

O universo esotérico das relações mágicas contagia — tenho medo de quebrar o nosso mundo simétrico! Como será quando o número da carta não coincidir mais com a data? Não importa, estou navegando.

Navegando? Não, estou perdido, a bem dizer, às margens da História e da rodovia de Paranaguá, ao meio-dia, abraçado com minha atriz. E eu tive a ilusão de supor que a minha pose de catedrático havia sido a senha para nos permitirem, pedestres nus, no motel! Bastou sair à luz sempre afiada do sol para descobrir que era o sorriso de Sara Donovan — aquela, da novela, olhe só! — que ia abrindo as portas do destino. Faltou pouco para o porteiro sorridente não cobrar nada, vejam só, a Grande Atriz frequentando nosso motel! Mas cobraram, e bem — esse pessoal que trabalha em novela é rico! Ainda mais com esse fazendeiro babão cheio de dólares no bolso!

O humor, Sara! Estou recuperando o humor! Recuperando? Quando na vida eu tive humor? Não, estou sendo demasiado duro comigo mesmo. Sempre tive humor, um certo tipo britânico/brasileiro (digamos presunçosamente assim) de sorrir, uma discreta elegância acadêmica para, por exemplo, tornar interessante a enumeração das propriedades rurais do norte do Paraná dedicadas ao plantio de café na década de 40, sempre dando um jeitinho de intercalar algum fato curioso descrito num perdido jornal de província de cinquenta anos atrás. O leitor sorrirá com o detalhe. Que tipo de humor é o meu? Vamos lá: uma tendência aguda a destruir o que vê, mas que quando fala percebe que pertence à comunidade humana, e os outros são muito mais fortes, sempre. Os outros são respeitáveis. Instantaneamente, antes mesmo de nascer, a corrosão metamorfoseia-se em sutilezas espertas e, com o tempo, bem-sucedidas. Mas não se trata de falsidade: estou solidamente convencido (melhor dizendo: essa convicção é parte integrante de mim e não resultado da lógica) de que pertenço à comunidade humana. O que significa: metade de mim não é meu. Não é tão óbvio como parece, porque essa convicção, levada ao pé da letra, exige uma cadeia de responsabilidades, sendo a principal delas o reconhecimento de que eu não tenho o direito de destruir ninguém, sequer por palavras. Mas é preciso que esse reconhecimento, para ser verdadeiro, não resulte de um permanente autocontrole, não seja apenas consequência direta de uma repressão externa. Esse reconhecimento deve ser (o imperativo me escapou) uma entidade inseparável do meu gesto. Esse reconhecimento é uma conquista suave, que pouco a pouco se torna eu mesmo. Esse reconhecimento é uma ética, e portanto, por eleição minha, imperativo (ufa!). Em cada gesto meu se desenha o desejo de um mundo possível, a ideia de um homem e a ideia de uma vida.

Palavras, palavras, palavras? Bem, minha flor, considere que partindo de um homem que já matou outro homem, elas ganham alguma autoridade. Ou a sombra de um sentido. Ou, pelo menos, de um desejo.

Mas de onde eu desenterrei essa melancolia? Melhor sair de mim mesmo, direto para outra gargalhada ao sol do meio-dia! Por que você não quis por nada desse mundo chamar um táxi? Uma menina travessa! Atravessamos perigosamente as duas vias da estrada para o retorno triunfal a Curitiba — sim, porque o Ciclo prosseguia com sucesso! Tínhamos a mesa-redonda pela frente, depois *As minas de prata*, e eu segurava firmemente a mão da minha Mina de Ouro!

Então você resolveu me destruir completamente — isso é poder, meu amor. Não havia táxis e, em vez de voltarmos a pé, numa bucólica caminhada de várias horas pela via expressa de Paranaguá, você resolveu tirar os sapatos e pular no acostamento pedindo carona! É perigoso, Sara! Mas antes mesmo que eu pudesse desenhar com tintas pretas o provável sequestro, o roubo, certamente o estupro, quem sabe a morte — tudo por causa da tua birra, ora direis, pegar carona! —, parou um carrão cantando pneus na freada. Minha alma azedou-se. Fui despejado do Paraíso com um pontapé e caí na lama verde e pegajosa do ciúme, do desconforto, do ridículo, principalmente do ridículo, minha Estrela! Um velho completamente ridículo! Eu poderia morrer assim, ridículo à beira da estrada! Mas estufei minha elegância estilhaçada, armei o sorriso superior dos catedráticos (em frente ao motel, professor? com Sara Donovan?) e aboletei-me dignamente no banco traseiro do carro, enquanto os brancos dentes da minha amada derretiam a alma cheia de más intenções do nosso benfeitor. Era visível a pergunta que ele se fazia mudando marchas bem pertinho das pernas morenas sob o teu vestido amarelo: *Seria ela mesmo?* E, olho crítico no espelho retrovisor: *esse aí é quem? será que...*

Sim, é exatamente assim, meu caro benfeitor! Ele queria falar, ele queria investigar, ele queria perguntar, mas a minha deusa esperta não lhe dava chance. Sara, você falava sem parar a tua alegre ladainha!

Muito obrigado pela carona — você foi um benfeitor! Sem você, eu e o Fred ficaríamos horas, hooooras no sol. Mas como Curitiba é limpinha, chama a atenção da gente! O Rio está que é um desastre só! Interessante esse conjunto de casas, todas iguaizinhas! Imagino o sujeito chegando bêbado em casa, entrando na porta errada, ahah! Bem, às vezes é a melhor solução!

E nós ríamos, ríamos, ouvindo a deusa.

Ah, então a fábrica local da coca-cola é aqui? Se entendi bem, essa é a estrada da praia. Fred — e você se virava súbita, mão no meu joelho — você precisa me levar um dia pro litoral, adoro praia! Ficar no sol feito lagarta, eta coisa boa! Engraçado, aqui no Brasil a gente não tem o hábito de usar cinto de segurança. Na Europa você vai preso se te pegam sem ele.

E nós concordávamos, balançando a cabeça, severos.

Bom, esse carro. Novinho, tem cheiro de novo. E como é silencioso! É 93? O banco vai pra trás assim, ah, acertei — e você me acertou os joelhos, imediatamente medicados pela tua mão — desculpe, amor — eu desculpei, feliz. — Ah, nós vamos cruzar aquele viaduto? Olha só o tamanho desse caminhão!... O que está tendo de assalto a caminhão na via Dutra não é brincadeira... Fred! Você vai à Universidade agora? O que você acha da gente almoçar? Estou mor-ti-nha de fome! Essa caminhada no asfalto matou a gente. Ainda bem que o nosso benfeitor aqui nos salvou...

E nós agradecíamos, alegres.

Finalmente o benfeitor conseguiu falar.

— Eu vou descer a Mariano Torres até o Círculo. Vocês ficam onde?

— Ah, eu sou uma idiota topográfica! Sou capaz de me perder no corredor de casa! Fred, explica pra ele onde a gente fica!

— Na esquina com a XV, está ótimo.

Súbito, longe da atmosfera do motel, a respeitabilidade curitibana nos envolveu como num fog londrino.

— Não é por aqui a rodoferroviária? Fred (e a mão lisa no meu joelho tenso), você prometeu me levar num passeio de trem até Paranaguá, descendo a serra, lembra? (E para o benfeitor:) Dizem que é uma viagem linda, não?

O benfeitor gaguejou.

— Sim... é, é muito bonita a vista e... tem túneis...

— Eu adoro andar de trem. Claro, não no trem da Central que eu não sou louca! O que morre de gente pendurada nos vagões... Ó, abriu o sinal.

E logo chegamos ao destino.

— Muito obrigado, moço! (Agora eu me pergunto: aquele *moço* era ironia?) Você foi muito gentil! Se não fosse você, nem quero pensar naquele sol... — e ela calçava os sapatinhos, talvez expondo demasiadamente as pernas no espaço estreito do carro.

E ao sair, você oferecendo a face para o beijinho de despedida. O que terá pensado o benfeitor? Ele não teve tempo, porque eu já estendia a mão para o agradecimento formal. Ele cochichou:

— Ela não é...

E eu sorri, proprietário:

— É. É ela mesma. — Um forte aperto de mão: — Obrigado pela carona.

O anjo azul, meu destino marítimo! (Assalta-me às vezes, na escuridão desse silêncio a que você está me condenando, a ideia de que você, sem querer, vai me destruir. Você, não: eu mesmo. Tão infantil, o professor Rennon! O que houve, afinal, com ele? Foi Flaubert que disse — *Madame Bovary sou eu?* Bovarismo, o meu pecado? Não fará parte da geometria do mundo esse ângulo obtuso da minha transformação? Estarei tentando mudar as leis da Física ao meu arbítrio? Não caberá, no coração seco da minha História, a presença esmagadora da mulher? A mulher é você, minha Sara Donovan. Ou minha Maria, a mulher que já me salvou uma vez (amanheci chorando, mas de barba feita, você lembra?) e há de me salvar de novo?

Fechando as pontas da vida. Não as portas — as pontas. As portas estou abrindo-as todas. Mas esse desespero de fechar o mundo numa caixa sem frestas... Toda definição será completa ou não serve para nada. Compreender é concluir, encerrar, fechar. Se a gaveta eventualmente fica aberta, trata-se de um truque: a abertura estará prevista em outra gaveta, maior, de outros ângulos, que inclui a primeira, e assim sucessivamente, até Deus, este sim, completamente fechado. Até Deus? Não. A falibilidade fará parte do jogo. Ela está incluída...

Mas o que um idiota de um historiador apaixonado saberá de tudo isso? Nada. Nada. Absolutamente nada. Isso é bom, como queria Sócrates. O lugar realmente comum do recomeço.

Você não vai telefonar?

Isso me lembra o restaurante do hotel e o meu espanto simplório quando você, depois do meu telefonema de emergência, perguntou com a simplicidade absurda dos que têm razão:

— Mas Frederico — e você suspendeu o gesto, como quem se recusa a acreditar na realidade de um absurdo cotidiano (se ainda fosse um disco voador!) —, você *precisa* dizer em casa onde passou a noite?

Eu pensei um pouco. Para me dar tempo, inventei um joguinho:

— Não, meu amor — e disfarcei os olhos no cardápio —, eu preciso dizer onde eu não passei a noite. É um pouco diferente.

Você aproximou o rosto, intrigada (ou era a atriz que perguntava?):

— E onde você *não* passou a noite?

— Bem, eu não passei a noite na casa do Otávio, colega da Universidade, onde todos nós tivemos uma recepção. Você se lembra, nós bebemos muito. Eu acabei dormindo lá e vocês saíram. Lembra?

Você demorou um pouco para compreender o joguinho (ou simulou a demora) — e então disparou a tua gargalhada. O restaurante — garfos, facas e narizes imobilizados no ar — parou para nos ver. Então a minha cabeça foi se transformando, digamos, num tomate, um tomate quente, idiota, estufado, ridículo, um tomate sem tempero prestes à fusão. A vergonha. Meti o dedo no cardápio:

— Acho que vou comer um filé com batatas. E você?

E você interrompeu o riso, aproximou o rosto, segurou minha mão:

— Frederico, ouça: isso não é bom. Isso não é bom pra você, pra mim, pra tua mulher, pros teus filhos.

— O filé com batatas?

O humor evasivo do professor Frederico! Rapidamente eu recuperava a frieza elegante. O tomate voltava a se assemelhar a uma cabeça, a uma cabeça humana. Você não achou graça.

— Não brinque, Fred. Isso não é bom.

— Eu também acho, meu amor.

— Então acabe com esse teatro. A atriz aqui sou eu. Mas só no palco.

Gostei de ouvir aquilo, minha Estrela. Eu disse, convicto:

— Isso não pode continuar.

Você levou um susto (também gostei) e prendeu a respiração, pensando. Soturna:

— Isso o quê, meu amor?

— Minha duplicidade.

De fato, ela não pode continuar. Ela me destrói. Há seres felizardos que vivem dezessete vidas simultâneas e são plenamente felizes em cada uma delas. Deus não me deu esse dom. Meu corredor é estreito e as paredes queimam quando tento alargá-las. Você ficou sombria (o que mais uma vez, por um mecanismo avesso, me deixou feliz). Apertou minha mão:

— E você já escolheu?

É claro que já escolhi! Eu escolhi você há vinte e cinco anos. Uma vez tomada a decisão, o resto são as picuinhas burocráticas, os selos, os carimbos, a mala feita sobre a cama. O direito à transformação: ninguém, nem Deus, pode nos tirar isso. Escolhi, com a simplicidade dos puros:

— Você, é claro.

— Então?...

— Aguarde, meu amor. — O garçom aguardava, a um tempo interessado e impaciente. — Para mim, filé com batatas. E você?

Saborosamente derretida, você segurava minha mão.

— Eu quero tudo que você quiser.

Que dádiva, ouvir isso aos 50 anos!

Madame Bovary, enternecido, consulta o relógio: nove horas da noite. Nem um pingo de fome agora, mas como eu devorei aquele filé!

Resolvo contar até dez. É uma pequena mágica para chamar a tua voz. Um. Você se aproxima do telefone, em algum lugar de Salvador. Dois. Você tira o fone do gancho. Três. Você começa a discar. Quatro. Eu olho pela janela. Que noite! Que estrelas no céu de Curitiba!

O telefone está tocando, meu amor. Converto-me ao esoterismo.

No dia 7 de outubro, quinta-feira, meu pai chegou em casa às quatro horas da tarde, bastante alegre para um homem que estava fazendo tudo errado. Quando minha mãe perguntou simplesmente — *E então? como foi?* — ele parou para pensar.

— Como foi o quê, Margarida?

Ela não disse nada — ficou olhando para ele. O professor Rennon estalou súbito os dedos, sorriu e encheu um copo de suco na mesa ainda posta da sala. Derramou um pouco na toalha.

— Ah, a recepção! Bebi demais. Não tenho mais idade pra isso. Fiquei lá no Otávio, acordei, fiz um lanche e aqui estou eu. Esse povo de teatro não dá sossego.

Minha mãe pesava as palavras do meu pai. Eram palavras visivelmente de vento. Não valiam nada. Ele quase engasgou com o suco, mas esquivou-se do engasgo com elegância. Recuperado, deu três goles teatrais e estalou a língua — acho que pela primeira vez na vida. Silêncio. Ele olhou o fundo do copo, como quem avalia friamente quanto ainda resta, e perguntou:

— E você? Está bem?

— Acho que sim. Você não vai tomar um banho?

Repentinamente atarefado:

— É claro, é claro! E hoje à noite continua o Ciclo com a mesa-redonda sobre o cinema brasileiro. Que horas são? —

Ele mesmo consultou o relógio: — Quatro horas já! Estou atrasado! — e desapareceu no corredor.

Tentei ser solidário com dona Margarida, mãos no bolso, balançando meu corpo magro.

— Mãe, o que está acontecendo?

Outro susto:

— O que está acontecendo é que você não faz nada. Me ajude a tirar a mesa.

Larguei meu poema pela metade e ajudei dona Margarida. À noite, convidei-a para assistir à mesa-redonda sobre o cinema brasileiro. O tipo de gentileza inútil, apenas um modo atravessado de dizer que eu estava do lado dela.

— Vá você. Eu tenho mais o que fazer.

— Como está a coluna?

— Assim assim.

A Reitoria lotada. Entrei direto. Desta vez nem perguntaram se eu estava inscrito — o maluco do filho do professor Rennon ganhava entrada franca nos eventos culturais. Não vi nenhum dos pavões no hall — aparentemente a mesa-redonda começaria no horário. E começou: havia umas sete ou oito figuras no palco, sob a mediação sempre competente do professor Frederico Rennon, desta vez mais bem-humorado ainda do que o costumeiro. À sua direita, a Estrela Sara Donovan.

Não vou perder tempo descrevendo o espetáculo. Foi só meu pai soar o gongo e a batalha começou. O cineasta municipal discutia com o cineasta estadual para ver quem batia mais forte no cineasta federal, que, em vez de tirar ouro do nariz, como queria o poeta, batia ainda com mais força na cabeça da Embrafilme, do Ministro da Cultura, do Presidente da República e de quem aparecesse pela frente. Todos falavam (mal, em todos os sentidos) ao mesmo tempo. Depois de tentar botar um pouco de ordem naquilo que, rigorosamente, não merecia ordem porque não era nada, meu pai desistiu. De cinco em cinco minutos ele inclinava a cabeça acadêmica e cochichava alguma gracinha à sua deusa, que respondia com um sorriso de oitenta dentes. A toalha de rendas que cobria a mesa até o chão movia-se bem à frente deles, de tempos em tempos, provavelmente pela força de duas pernas abraçadinhas.

A Cultura, meu Deus! A Cultura!

Às dez e meia o público começou discretamente a esvaziar o auditório, os estudantes bem-comportadinhos saindo pelas laterais na ponta dos pés e de cabeça baixa, com medo de perder nota. Imagino a satisfação deles ao voltar à rua e respirar o ar fresco de Curitiba em outubro. Que alívio!

Mas isso era problema da plateia. Os conferencistas não tinham problema nenhum (ou tinham todos, o que dá no mesmo) e só olhavam furiosamente uns para os outros, de modo que às onze e vinte, com meia dúzia de infelizes na assistência, eu entre eles, as sumidades continuavam se matando — e no meio do fogo cruzado, os dois pombinhos, meu pai e Sara Donovan, sorriam um ao outro e trocavam bilhetinhos na orelha. Só num momento a atriz resolveu mostrar seu talento e sua fúria, isso quando havia apenas quatro espectadores. Sara Donovan, súbita, desviou os olhos dos olhos do meu pai e deu um murro na mesa que calou a, digamos, conferência. Dedo sacudindo em direção à vítima, três cadeiras adiante — meu pai recuou a cabeça, aflito — ela berrou:

— Espere aí! Espere aí! Vamos colocar isso claramente!

Seguiu-se uma saborosa enxurrada de agressões que foram empalidecendo o destinatário — não só ele, o meu pai também.

— Desculpe, eu não quis dizer isso.

— Mas disse.

Desconforto total e completo. Um funcionário da Reitoria, logo abaixo do palco, conferia as horas e sacudia o imenso chaveiro do auditório. Que maçada! Sem amante para se divertir, ele tinha de pegar o último ônibus na Rui Barbosa para o aconchego da mulher e dos quem sabe cinco filhos, e aqueles intelectuais vociferando em grego sem respeitar o horário e o trabalho de quem trabalha.

O professor Frederico Rennon resolveu tomar as rédeas do desagradável silêncio, com duas ou três tiradas mecânicas de humor (desta vez sem graça nenhuma), encerrando aquele *produtivo debate de ideias* — as palavras são dele.

Seguiu-se uma breve confraternização no palco, tensa no início, depois mais solta, com duas ou três risadas, um tentando explicar ao outro que não quis dizer o que disse, e que estava tudo bem, afinal somos todos do mesmo exército do saber, estamos no mesmo lado contra... contra o quê? Bem, contra *eles*. Ou talvez contra nós, os três ignorantes que restavam na plateia. Imagino que meu pai não me viu, entretido em cochichar alguma coisa demorada à sua Estrela, segurando-lhe a mão de uma forma não exatamente discreta, sob o olhar detalhado do Macedo que, pela sombra do sorriso, parecia começar a entender o que se passava.

Passar dos limites! — eis a expressão que me veio à mente quando respirei fundo na calçada. Meu pai *passava dos limites*! E uma vez transposta a linha do razoável, ele aparentemente se tornava um homem livre. Como se só ele existisse no mundo. Desta vez o professor e sua Estrela não perderam muito tempo com os carros oficiais. Escondido nas sombras das colunas laterais, pude ouvir a pergunta solta da funcionária da Fundação:

— O senhor não vai jantar conosco, professor?

Ela ostensivamente ignorava o fato de que meu pai e Sara estavam de mãos dadas. Não ouvi a resposta, mas percebi a tensa reação da funcionária, recusando-se a ver o que estava vendo. Um pouco irritada:

— E você, Sara?

Também não ouvi a resposta; apenas vi o brilho dos dentes, a mão pousando no ombro da moça com a leveza de uma garça. A revelação do novo professor Frederico Rennon perturbou a ordem lógica das despedidas — todos (até eu, na sombra, que a rigor não tinha nada a ver com aquilo) se sentiram de algum modo agredidos por aquela demonstração pública de afeto que... bem, que *ultrapassava os limites*.

Os pombinhos foram adiante a pé. Enquanto os outros discutiam quem ia aonde, abre porta, fecha porta, passei rápido por eles, a tempo de ouvir:

— Ele nunca foi muito certo da cabeça mesmo.

Meu pai, com certeza, porque ali ninguém me via. Enquanto seguia os namorados pela rua XV, matutava sobre o que tinha escutado. *Ele nunca foi muito certo.* Alguém é? O raciocínio não era justo. Acusavam meu pai pelo flanco errado. Na verdade, ele não agiu mal porque é louco; ele ficou louco porque agiu mal. Como pesar e medir uma vida assim, em duas palavras? Quem tem a régua e a balança? Deus, é claro, mas Deus não existe: concordo com meu pai, com Nietszche e com o que eu vejo diariamente nas ruas.

Uma quadra adiante os namorados entraram num restaurante de massas. A atriz teria realmente de fazer um regime — ou talvez os exercícios com meu pai compensassem os excessos. Uma coisa chata, ficar esperando. Tivesse eu dinheiro, entraria também para entendê-los mais de perto. Fiquei me distraindo com a saída da plateia de algum espetáculo do Teatro Guaíra, observando com que facilidade os guardadores de carro extorquiam o público. Alguns motoristas conseguiam fugir rapidamente deles, cantando pneus, antes que os protetores, trocando assobios estridentes, conseguissem cobrar a taxa de segurança. Mas o espetáculo foi curto: em vinte ou trinta minutos os guardadores contavam a féria da noite, a rua estava vazia e com certeza os pombinhos ainda saboreavam o couvert. Imaginei um poema sobre a noite, o céu estrelado, e isso foi me ocupando até que os dois saíram à rua. Eu estava à sombra, e continuei à sombra seguindo-os pela rua XV, tentando adivinhar para onde iam agora. Não foram longe: na banca de flores do calçadão, meu pai presenteou a Estrela com um ramalhete de rosas amarelas. E vi nitidamente, silhuetas recortadas em papel negro, meu pai curvando-se gracioso na reverência de um marquês na corte de Luís XIV à sua cortesã, que recebeu as flores com um agradecimento encantador, baixando a cabeça, dobrando levemente os joelhos, a mão direita sustentando um vestido imaginário. Em seguida, esmagaram-se num abraço, ela segurando o ramalhete no alto como uma tocha. Uma tocha olímpica.

Oculto nas colunas da galeria Minerva, vi os dois fazerem o caminho inverso, cada vez mais rápidos em direção ao ninho. A urgência do amor!

Em frente ao hotel, da outra calçada, eu sonhava: se ele se despedir dela, posso alcançá-lo por acaso no caminho e conversar. Era infantil essa minha insistência inútil, eu sei, mas eu queria fazer alguma coisa que chamasse (positivamente) a atenção do meu pai. O quê, por exemplo? O meu currículo é — não; *era* — muito ruim. Um dependente de drogas roubando joias em casa para comprar pó. Persona non grata em todos os colégios e cursinhos da cidade, apesar da minha reconhecida capacidade escolar. *Genialidade*, diziam, como quem compensa o prazer de falar mal. Primeiro lugar em tudo! *Mas...* coitado! Então eu destruí completamente o carro novo, o primeiro carro da minha mãe, que mal sabia dirigir, um carro ainda sem seguro, e passei trinta dias no Hospital das Clínicas. Morri e voltei ao mundo dos vivos, com essa bela placa de platina no cérebro. Como foi estar morto? Não me lembro. Eu sabia o que era estar vivo. Não, não é verdade. Eu ainda estava aprendendo. Mas os exemplos a seguir não eram muito bons. Mercadoria de segunda, mal embalada. Excesso de exposição ao sol. Talvez já estivéssemos todos com os prazos vencidos.

E meu pai foi devorado pelo hotel. Da calçada em frente, contei os andares, com a lentidão de um elevador antigo. Um, dois, feijão com arroz. Três, quatro, feijão no prato. Cinco, seis, café japonês. Bem devagar. Eles se beijam no corredor vazio. O professor inclina-se contra a Estrela, e ela ri exagerada enquanto a mão pede socorro sacudindo a chave do quarto. Ele sobe as mãos pelas suas pernas e sente a felicidade exótica da exposição pública, na penumbra de um corredor. Ela sorri e põe o dedo na boca: *pssiu!* Então puxa-o para o 602. Ela tenta acertar o buraco da fechadura, torcendo-se inteira para fugir ao assalto brejeiro do meu pai, esticando o pescoço, arrepiando-se talvez, com certeza feliz — até que a porta se abre.

Finalmente vejo a luz do 602 se acender. Provavelmente foi assim que as coisas aconteceram.

Carta 18

Curitiba, ainda 17 de outubro de 1993.

Minha estrela:

Ouvi tua voz.

É sempre surpreendente como você consegue virar de cabeça para baixo todo o meu meticuloso planejamento. Passei dias e dias pensando — uma atividade que parece nova para mim, eu, que não fiz outra coisa senão raciocinar sobre o que lia e escrever minhas conclusões. Penso agora como um filósofo, sem a muleta das miudezas da História. É óbvio que uma coisa não se separa da outra, mas me refiro simplesmente à divisão do olhar. Agora olho para o alto, como os santos de antigamente.

Pois bem. E o que eu tentei apresentar a você, na agonia do telefone? Eu tentei apresentar um futuro, tão organizado quanto a mesa posta pela Margarida quando me espera para o almoço. Um futuro; um projeto; uma boa possibilidade, solidamente instalada no razoável. A premissa é: *vou mudar minha vida.*

Esse é o fato, meu amor, que você provocou. De um modo tão cristalino, que, ouso dizer, não depende mais de você.

É uma questão de substância. Eu vou mudar minha vida porque minha vida deve ser mudada e não porque há um pirulito grátis na esquina e eu preciso ir correndo buscá-lo sob pena de continuar onde estou. Eu vou mudar a minha vida porque: a) eu tenho o *direito* de mudá-la; b) eu tenho o *poder* de mudá-la; e c) eu tenho o *dever* de mudá-la.

Sobre o direito, não há o que discutir. Por que um homem do século XX não teria o direito de mudar a sua vida? A civilização é um produto da cultura e essa cultura construiu penosamente a ideia de que todos os homens, pelo simples e mero fato de terem nascido, são iguais; e decorre dessa premissa ideal o conceito de liberdade, sem o qual a igualdade é inútil; e, num terceiro nível, a ideia de *contingência* — eu posso *escolher*; nada é, em si, necessário. A vida não está pronta em nenhum de seus estágios e em nenhum lugar, e, infelizmente, o ponto-ômega da minha infância foi uma breve e fugaz ilusão de óptica, um pequeno conforto metafísico, um rito de passagem. Não há rigorosamente nada à frente. Nós vamos sempre para lugar nenhum, e é esta tela em branco que nós, só nós, podemos preencher diariamente com nossas pinceladas inseguras, com tantas mãos invisíveis empurrando nosso braço em todas as direções a cada segundo. Bem, eu decidi que, doravante, quem pinta o quadro sou eu. É mais um desejo que uma realidade, mas a realidade pode perfeitamente ser consequência do desejo.

Sei que há mil armadilhas da lógica nessa minha simplificação grosseira, e qualquer filósofo de segundo time encaixaria meus pés num sapato bem menor do que este que estou calçando agora. Mas não importa: faço apenas uma abstração caseira para nosso uso exclusivo. Você, como atriz, tem o dom da simultaneidade. Representar é não dispensar nenhuma das forças invisíveis que nos movem o braço, mesmo as ausentes. Eu não tenho esse dom. Pensar a História, minha profissão, é pensar alguns fatos *objetivamente observáveis* da História, segundo algum ponto de vista. Como eu disse em outra carta, o simultaneísmo é uma falácia conceitual.

Meu amor, seja paciente: eu preciso chegar em algum lugar, e estou muito perto disso. Mas devo obedecer à minha própria linguagem, seguir os degraus do meu entendimento.

E prosseguindo: terei eu o poder de mudar a minha vida, a essa altura dos meus 50 anos? Sim, nós temos. Aqui estamos com os pés enterrados no chão, porque o poder não é uma entidade abstrata, sequer o poder de Deus. O dinheiro, meu amor, o dinheiro! Tão diabolicamente óbvio! E é espantoso como há tanta gente ilustrada no mundo descartando com um sorriso irônico a ideia simples de que as forças econômicas determinam em altíssimo grau a mentalidade dos homens. Ou estarei sendo agora apenas mais uma viúva de Marx, nesses tempos em que, ahahah!, a História "acabou"?

Bem, dinheiro não será problema, se nosso projeto não incluir cruzeiros pelas ilhas gregas a cada trimestre... Tenho — e nisso não estou sozinho neste país de herança ibérica — uma atração oculta, subterrânea, disfarçada porém incontida por São Francisco de Assis. Quem não sabe que o homem feliz não tem camisa? Além do mais, nossa geração foi a última que alimentou algum sonho consistente de utopia, entendendo-a como uma possibilidade real na vida e não como um bom emprego no Tribunal de Contas. E a utopia será sempre (sempre?) a pobreza confortável da autossuficiência. Em qualquer caso, a utopia será um estado moral de vida.

Mas, falando objetivamente: posso me aposentar a qualquer momento (antes que mudem a legislação a respeito), o que, visto de certo ângulo (igualmente moral), não me parece uma ideia confortável, ainda que perfeitamente adequada aos meus projetos — ou ao *nosso* projeto, porque, pombinho temporão enamorado, não consigo desenhar minha vida sem você. Quisera eu que você vivesse o mesmo desespero, com a mesma intensidade! Oxalá seja verdade o que você me diz, rápida, lépida, levíssima, ao telefone, mudando de assunto à primeira borboleta. Mas isso não me angustia, porque conheço você. (E lá vem de novo o velho fantasma, finalmente adulto, de mim mesmo, vinte e cinco anos atrás.)

Voltando à terra, minha Estrela Guia: aposentado com vencimentos integrais, minha família (é estranho esse possessivo: *minha* por quê?) não teria do que reclamar. Na pior das hipóteses, a mesma coisa com uma boca a menos. E eu? Eu tenho sonhos de juventude. Posso escrever, dar conferências, publicar em jornais, desbravar caminhos novos. Quem sabe até a literatura, que é a paixão secreta, a verdadeira vocação do historiador? Ou o teatro, com você? Em suma: eu ainda estou em plenas condições de *arriscar*. Mais que isso: estou sentindo a saborosa volúpia do risco. Tudo ou nada. Mas nunca mais a mesma coisa. Basta de ser igual a mim mesmo, uma fotografia amarela na parede, um respeitável Ph.D. nos anais da Universidade, um membro honorário desse Conselho ou daquela Sociedade, à merda com tudo isso. Eu nunca estive, verdadeiramente, no espaço que ocupei na vida. Um autousurpador — minha alma legítima penava em algum limbo até que eu abrisse a lâmpada de Aladim: você. Um sopro só, minha deusa, foi suficiente para eu revelar na neblina da memória esse meu verdadeiro retrato, agora sim em carne e osso.

E eu tenho o *dever* de mudar minha vida?

Seja paciente, Sara Donovan, Maria das minhas preces.

Esse é o último passo da minha transformação. Por que sustentar até o fim dos meus dias essa meticulosa condenação ao inferno miúdo da família? E não falo só de mim: falo da Margarida, principalmente, velhíssima aos 43 anos, condenada aos grilhões absurdos de uma existência que está a mil anos-luz do que certamente ela sonhou em nossa juventude. Por que não a alforria? Você dirá: mas por que, mais uma vez, a iniciativa é do homem? Por que ela não toma seu rumo próprio? Porque ela *esqueceu*, minha Estrela. Ela precisa ser lembrada de que há uma porta que pode ser aberta. Você, libérrima desde os 15 anos, talvez não entenda o que representa a força da rotina da nossa cuidadosa classe média. Somos todos funcionários públicos de nós mesmos: a vida é, ao fim e ao cabo, o trabalho de preencher corretamente longos formulários, todos os dias, de acordo com um regulamento tácito mas poderoso. Entretidos em preencher os quadradinhos com caneta azul, espremidos pelas dificuldades econômicas, envolvidos na correta guarda dos filhos que nos aconteceram, segundo a lei, os bons costumes e a borra seca da memória religiosa de lá atrás, distraídos pelos parques de diversões, pelo carro novo, pela ascensão profissional e pelos filmes da tevê, eventualmente excitados pelo prazer de olhar uma nova lingerie, negra sobre a pele branca na página da revista, ou pelo torso nu e lustroso, bem torneado, de um atleta, nós *esquecemos*, mergulhados para sempre no rio de Lethe — até que alguém nos arranque de lá pelos cabelos, exatamente como você fez comigo. Posso fazer o mesmo com a Margarida, para que ela tome seu próprio rumo.

Posso conversar com ela, sinceramente, pela primeira vez em anos e anos de esquecimento. Você tem razão, minha deusa: isso não pode continuar assim. Eu tenho, pois, o dever de mudar minha vida.

Até mesmo o meu filho. Ele parece esperar, no fundo da caverna em que se meteu, estúpido e teimoso na escuridão, ele parece esperar que eu estenda a mão, não para trazê-lo a mim, porque não temos mais terreno comum, mas para soltá-lo no campo aberto. Ele é um rapaz muito inteligente que, súbito, desistiu. É duro dizer, mas eu não consigo me livrar da ideia de que eu o destruí com a minha atarefada ausência. Longe de mim, com bastante sol, ele haverá de brotar novamente.

E o que dizer da minha filha, na verdade a grande sobrevivente desse demorado naufrágio?

Em que ilha estará ela hoje? Sem mim, ela há de voltar. Talvez tenhamos alguma coisa a dizer um ao outro. Eu, especialmente, terei o que dizer a ela: você estava certa.

Sara: você compreende agora o que quero dizer? Eu tenho o direito, eu posso e eu devo. Mudar — é uma volúpia. Estou aqui rindo sozinho com a perspectiva. E um tantinho agoniado com você.

Você entendeu, meu amor, do que eu estava falando ao telefone? É nossa velha rixa, o nosso modo de complementação: você é uma voz, eu sou um texto.

Mas eu dizia lá no começo que você virava de cabeça para baixo todo o meu raciocínio. Eu não estou exatamente acostumado à independência. Nós estamos falando de igual para igual! Que coisa estranha e fascinante! Você está me *educando*. É verdade que, primeiro, você me seduziu, na velha escola de sempre, o joelho, o sorriso, os dentes, exatamente como quem pega um garotinho pela mão e leva pro mato das más intenções. Uma vez aceso o desejo, nos tornamos iguais. Iguais! O Iluminismo, finalmente, descola-se da Enciclopédia e encontra sua realização prática! Uma mulher é igual a um homem! Dois conjuntos de idênticas propriedades culturais. Ora, mas todo mundo sabe disso, inclusive eu.

Mas eu sei que você sabe do que exatamente estou falando.

Já é dia 18, a simetria retorna.

Você me deixou tão orgulhoso de mim mesmo, você me presenteou com tal autoestima, que, presunçoso, me imagino próximo da perfeição da vida. Uma espécie de ponto-ômega particular, criado para uso exclusivo e com finalidade estritamente terrestre. Meu ponto-ômega é você. Não, meu amor. Somos nós dois. Mil voltas dá o destino, e com a nossa discreta ajuda e a força do nosso desejo, a existência descortina o seu sentido único, frágil, contingente, fugaz, uma criação nossa que, por ser tão breve, ganha a intensidade máxima da ideia de paz. Justo a chama, entre vazios de escuridão, antes e depois.

É assim que nos vejo.

Estou cansado, já é madrugada.

Horas e horas e horas conversando com você meu doce monólogo, todas as voltas possíveis para chegar ao coração do entendimento. E ainda não disse nada do que queria te dizer. Tenho a tua voz de ainda há pouco — e essa tua especial alegria de dizer as coisas — comigo. Era sobre isso que eu queria falar, e acabei tomando outro rumo. Vou pondo camadas sobre camadas da minha compreensão.

Quando você voltar a São Paulo, esta semana, vai encontrar uma pilha de cartas, toda a minha viagem em direção a você. Mas ainda há muita, muita coisa que preciso falar. O passado. Você sabe. O teu seio na penumbra, sob o olhar do menino assustado. Ainda tenho fantasmas demasiados para espantar. O renascimento é doloroso. Tenha paciência comigo, minha flor silvestre.

E há mais: preciso completar o mapa dos nossos encontros. Nunca minha memória de cada detalhe teve tanta força e luminosidade. Por exemplo: o modo como você me puxou para você, assim que (finalmente) abriu a porta do quarto.

E depois, a cabala com os números, a explosão gratuita de todas as possibilidades, o jogo sem fim. 602. 60 - 2 = 58. 5 + 8 = 13. 1 + 3 = 4. Quatro dividido pelos dois algarismos de 13, igual a dois. Nós dois. 6 + 0 + 2 = 8. Dividido pelas quatro horas da madrugada: nós dois. E como eu ria! E depois, o desafio, a mais completa nudez. 60 + 2 = 62. 6 - 2 = 4. 62 + 4 = 66. Seis dividido por 2 igual a 3. 66 + 3 = 69. E lá íamos nós, em nós deslizantes, ao avesso. O insuplantável poder do desejo. As águas do esquecimento.

Eu queria falar detalhadamente sobre tudo que você me disse, mas estou voando, meu amor. Amanhã continuo.

Em algum momento difuso, lá no início, começamos a sentir o peso assustador da mudança. Não era mais só uma eventual quebra de rotina, como tantas outras vezes, um almoço atrasado, uma noite prolongada, ausências mais compridas, com o relógio voltando às horas certas na segunda-feira, para alívio sincero de meu pai:

— Ainda bem que essa aporrinhação acabou.

Desta vez, não. E com o contraponto da minha mãe, o ar tornava-se verdadeiramente perigoso de ser respirado. Como se eu ouvisse o rangido de velhas portas querendo abrir, pondo em liberdade o que há de pior em todos nós.

Um processo *mental*. O poder do pai. A densidade do ar rapidamente se modifica. Os animais da floresta farejam a mudança e se agitam: as coisas não serão mais como eram — é preciso mover-se, investigar, mudar a posição do corpo no repouso da toca. É preciso descobrir o que se passa, a tarefa mais difícil, porque nós por princípio recusamo-nos a acreditar que o azul está um pouco mais escuro, que o amarelo ganhou uma tonalidade estranha. E esse ar! Você não sente? É *outro*!

Súbito, rigorosamente mais nada era como antes. Esmagado naquela batalha surda que na aparência não me dizia respeito, e ainda anestesiado pela sucessão idêntica de anos, custei a entender as consequências práticas da mudança de cenário, de personagens, de atores, de texto — agora pegando carona nos símiles do professor Rennon.

Eu não estava percebendo que o meu projeto edificante de trabalhar, por exemplo, como lavador de pratos ou caixa de supermercado, tomada entre um poema e outro na madrugada da sala e que minha mãe destruiu em dois minutos, não era apenas uma conjectura avulsa de um ser que amadurece. Eu começava, na verdade, a espernear.

Mudanças! Grandes mudanças e pequenas esperanças: o que seria de nós? Ou melhor: o que seria de mim? Relia meu Nietzsche furiosamente, mas a ideia de superioridade do homem só — que era só o que eu lia nele — não se encaixava exatamente na minha alma (agora sim) assustada.

E quando eu já havia decidido comparecer à mesa-redonda sobre *As minas de prata*, levei um choque com dona Margarida, pronta para sair, uma bela roupa, um penteado bonito, e até mesmo um leve batom nos lábios.

— A senhora... a senhora vai à conferência comigo?

— Não Vamos ao cinema. No Luz está passando um filme francês.

Não era nem pergunta, nem convite; era uma ordem. Obedeci imediatamente. Mudanças.

Pegamos um táxi em silêncio. Na Reitoria, sinal fechado, ela espichou o pescoço para investigar a aglomeração em frente ao hall. Rezei para que o professor Frederico Rennon não estivesse fazendo gracinhas ostensivas com a sua paixão na calçada. Mas não vimos ninguém conhecido. Dona Margarida suspirou, olhou em frente e avisou o motorista, que também parecia interessado naquele movimento:

— O sinal abriu.

Olhei atentamente para minha mãe quando ela descia do carro, defronte ao cinema, tentando adivinhar alguma coisa, mas tudo que descobri — e foi uma espécie esquisita de surpresa — é que ela é ainda uma mulher bonita. É verdade que ela parece um pouco mais velha do que realmente é, mas não descobri nenhuma razão objetiva, física, na pele, para esse envelhecimento. Talvez os gestos; talvez a aura; talvez a sutil prisão dos movimentos, a falta de prática em se mover com leveza, talvez os arames esticados da alma. Talvez o conforto de ficar imóvel: isso envelhece. Minha mãe é bem-proporcionada; um pouquinho gorda nas ancas, e alguns sinais de cansaço no pescoço, que começa imperceptivelmente a se desdobrar. Mas nenhum detalhe que não pudesse desaparecer com um pouco de cuidado, os tais cremes, quem sabe um toque de bom humor. Observei os seus lábios enquanto ela, um pouquinho à frente, o dinheiro certo na mão, braços firmemente cruzados, aguardava o avanço da fila para comprar os ingressos. São lábios delicadamente tristes: os dois extremos caem com alguma suavidade, mas caem. E o batom, mesmo discreto, não coincide com o rosto — é o batom de quem não usa batom, ainda que em nada agressivo. As linhas do nariz e da testa — o perfil, o queixo milimetricamente erguido, o exato toque de orgulho não ostensivo, a íntima segurança daquele perfil, um perfil para uso próprio, não para se destacar na paisagem — tudo isso é muito bonito na minha mãe. E a beleza (fui descobrindo) não tem ainda consciência de si mesma. Minha mãe parece ter esquecido que a beleza é um valor, mas, naquela noite, ela queria se lembrar disso. A porta da memória vai se abrindo, mas o excesso de luz ofusca; ela pisca os olhos, tentando divisar o que vale a pena ser visto no espetáculo empoeirado do passado. Que objetos devemos ressuscitar da memória, que objetos devem ficar lá para sempre?, ela parecia se perguntar. Eu também, neste longo minuto em que eu contemplava minha mãe. Súbito, ela desviou os olhos do guichê para mim — um olhar duro, repressivo, investigativo, talvez assustado, o olhar de uma mulher nua no espelho do quarto em direção à porta de repente aberta. Olhos nos olhos, um, dois segundos, não mais que isso — e eu abaixei a cabeça, envergonhado.

O filme — *Todas as manhãs do mundo* — era uma sucessão de pinturas barrocas no corredor de um museu. No princípio, resisti; isso vai ser chato. Mas vagarosamente a tragédia da solidão foi me comovendo. Se eu fosse músico eu seria aquele homem. Mesmo sem nenhum talento para nada eu já estava trancado na cabana dos fundos, ocupado vinte e quatro horas por dia com a minha própria cabeça. Apesar da atração, a sensação de que aquela história não ia a lugar nenhum me angustiou, e comecei a pensar em outras coisas. Ao meu lado, minha mãe não se movia, olhos na tela. Quando o filme terminou, me levantei impaciente e voltei a sentar: minha mãe estava chorando. Discreta, sem soluços. Simplesmente a água corria pela face. Sem olhar para mim — sem olhar para nada — ela enxugou o rosto com um lenço, assoou o nariz sem escândalo, suspirou e levantou-se em silêncio.

Eu queria dizer alguma coisa. Sempre que se vê um filme deve-se dizer alguma coisa; um sim, um não, um mais ou menos — em geral as pessoas tateiam, gaguejam um pouco antes de se tornarem definitivas, avaliando a direção do vento para não pisarem em falso. As pessoas costumam levar o cinema a sério, como o meu pai. Mas quando entramos no táxi — eu ainda boiando, sem a mínima ideia de qual era a minha opinião — percebi que dona Margarida estava já a anos-luz do nariz de Gerard Depardieu. Nenhuma palavra, até em casa.

Esperando o elevador, o porteiro ausente (como de costume; talvez fosse uma boa ideia para abrir um assunto: reclamar do condomínio), decidi falar:

— E a coluna?
— Hum?
— A coluna? Melhorou? As dores.
— Ah. Melhorou bastante.

Já no elevador, apertei o botão e disparei:
— A senhora não está preocupada com o pai? A senhora não acha que ele está muito... ahn... desaparecido?

Não sei de onde, canalha, veio o meu sorriso torto, duplo, desengonçado, venenoso. Ela olhou para mim — um olhar gelado, a um tempo defensivo e agressivo. Gaguejei:
— Não, eu só pergunto porque... ele parece que...

E meu rosto queimou de vergonha. A porta do elevador se abriu e saímos os dois ao mesmo tempo, esmagando-nos atravancados. Ela recuou, segurando a porta, e meu rosto queimou ainda mais por sair na frente. Senti falta de ar. Só então percebi que minha mãe era uma mulher ferida. Algum punhal de aço atravessado na alma com tanta força que todas as pequenas dores terrenas perdiam sentido.

Ela jogou a bolsa no sofá da sala. Eu insisti, idiota:
— A senhora não acha?

Assustado, vi minha mãe pronta a explodir. Os lábios tremiam — mas quando a voz saiu, veio baixa, baixa e tensa, uma correia que se engata nela mesma:
— Escute aqui, menino. Meta-se na tua vida e deixe o teu pai em paz. Você ouviu?

Fiz que sim, descobrindo na prática, mais uma vez, o poder da hierarquia. Não vá o sargento reclamar do general.

Mas foi um momento assustador, porque, de novo, as águas corriam no rosto de minha mãe, sem soluçar, e eu me senti mais uma vez culpado.

— Desculpe, mãe, eu só...

— E tem mais. — Isso com a mão na porta do quarto, prestes a se trancar. — Você vai fazer vestibular esse ano. E se não fizer, ou levar pau, pegue sua trouxa e vá cuidar sozinho de sua vida. Ouviu?

— Mas...

A porta bateu a meio metro do meu nariz vermelho.

Mudanças! Grandes e extraordinárias mudanças, o incêndio avança ferozmente na selva, é um salve-se quem puder! Eu não entendi minha mãe. Não havia lógica na direção do incêndio. Corri ao meu caderno de poemas — era um bom momento de revelação. Que revelação? Nenhuma, nada, um vazio, a página em branco, a caneta fria na mão. Que coisa ridícula, escrever poemas! Tudo era incomensuravelmente maior do que eu pensava. Falta de ar. Nenhuma inspiração.

Ou alguma inspiração, de natureza diferente. Fechei o caderno e pensei. O que parece um pequeno acidente de percurso do carrossel familiar, uma passageira queda de voltagem, a pequena alegria infantil quando alguma coisa muda a rotina da casa — uma chuva de pedras, um cano d'água estourado, a reforma da área de serviço, a troca do armário embutido — o que parecia nada, era, de fato, um desastre. A paixão do meu pai pela grande estrela (do tipo assim: seis meses de novidades apimentadas, um mal-estar na hora do almoço, a mãe chorando em silêncio, e depois tudo igual a sempre), a paixão começava a destruir as paredes, a derrubar o telhado, a nos deixar a todos, sem piedade, na rua da amargura. E a corda estoura sempre do lado mais fraco: eu. Senti um frio na espinha. E uma intuição. Larguei o inútil caderno de poemas e corri ao escritório. Liguei o computador (ao qual eu nunca tive acesso) e percorri os arquivos, procurando ao acaso. Lá estava: CARTAS. Desdobrei o diretório. SARA01, SARA02, SARA03... Escolhi qualquer uma. Naquele momento, pouco dignificante para um filho (reconheço), começou o trabalho que estou completando agora — historiar a vida do meu pai. Porque o que eu estava lendo ultrapassava todas as possibilidades da minha, então eu soube, pobre imaginação. É que os filhos, por instinto, protegem os pais; eles se recusam, ou não veem, o óbvio. Mesmo eu, com todas as minhas razões e a minha justa ferocidade, mesmo eu protegia meu pai. É a lei da natureza, talvez. O pai é o Pai, e ponto final. Defeitinhos aqui e ali, tudo bem, mais um estilo, um jeitão que deve ser respeitado. Mas o que eu estava lendo — sobre ele, sobre a mãe, sobre mim (nos dois ou três segundos em que ele se lembrou de mim, *o filho idiota*), mas principalmente sobre ele, tudo isso me assustou. Mesmo naquelas primeiras cartas, ainda tímidas, ele aqui e ali revelava que... tinha matado alguém!? Falta de ar. E uma irresistível volúpia melodramática: estávamos — eu e minha mãe — nas mãos daquele homem.

Carta 19

Curitiba, 19 de outubro de 1993.

Quatro horas da tarde.

Estrela:

Ir a São Paulo? *Imediatamente?* Desembarcar súbito no teu apartamento e esquecer o resto? Abrir, para sempre, a porta do paraíso?

É o que eu vou fazer, meu amor. Você aguarda? Preciso só de pouco tempo, ou de um pouco de tempo. O tempo de arrumar as malas, no sentido metafórico do termo. Organizar as gavetas do cérebro, substituindo a velharia mental pela limpeza do novo mundo. E arrumar as malas *lato sensu*: as roupas, a aposentadoria, o divórcio. Estou sendo drástico demais? Já sei o que você vai dizer: *Esqueça tudo e venha pra São Paulo. O resto você vê depois.*

Mas meu amor, eu não terminei nosso mapa ainda! Há grandes lacunas a ser reveladas! Uma viagem definitiva não pode deixar vazios, porque a memória engata nas velhas curvas e quebramos o pescoço sem saber por quê. Eu não quero mais quebrar o pescoço, nem o meu, nem (novamente) o de ninguém. Você me dá, digamos, duas semanas?

Onde estávamos?

Minhas cartas são uma corrida para chegar ao tempo presente, passando a limpo o tempo passado. Rapidamente vou me alcançando! Naqueles dois últimos dias, tudo o que eu desejava era ficar nu ao teu lado, a todo instante e a qualquer preço. Vivi a mais saborosa loucura da minha vida! Imagine: o professor Rennon, completamente nu, comprando flores à sua amada em plena rua XV, à meia-noite! Rosas amarelas, as que você ama. Eu amo o teu calor, minha Estrela!

Mas vamos ao mapa.

Não fui à Universidade, nem ontem, nem hoje. Este semestre tenho apenas alguns alunos da pós. Sequer avisei que, por exemplo, estou doente. Mais apropriado seria dizer: *Compreendam, por favor: fiquei louco. Não vou mais trabalhar.* Bem, o verdadeiro louco não mostraria as cartas assim, com tanta lucidez. De modo que estou fazendo de conta que eu não trabalho mais lá. Eles que fiquem com a minha última imagem: coordenando sorridente (o teu pé tocando o meu sob a mesa) o encerramento do Ciclo de Literatura e Cinema, um sucesso completo. O professor Frederico Rennon fecha com chave de ouro a sua brilhante carreira acadêmica, dedicando-se, no merecido lazer da aposentadoria, às delícias exclusivas de Eros. Deus o recompensou, presenteando-o (honra ao mérito!) com uma deusa pagã, que além de materializar o ideal de beleza física, tem a alma fresca e límpida como as águas de um rio jamais tocadas por mão humana. Em silêncio, ouço o rumor das tuas águas correndo no leito de seixos lisos. Como diz o I-Ching (você tem razão, meu amor: o I-Ching é a verdadeira bíblia!), nenhuma culpa! Nenhuma culpa, meu anjo. Você está me ensinando a inocência bruta da nudez!

Nas nuvens assim, começo a sentir o desconforto das coisas práticas. Que coisa chata, fazer as malas! Mas é preciso começar.

Na verdade, mais uma vez quem começou foi a Margarida, hoje, na hora do almoço. Percebo que a minha silenciosa mudança, por si só, provoca mudanças notáveis nesta casa. Não vou me admirar se minha filha bater à porta, amanhã ou depois. Se o pai não é mais o Pai, por que desaparecer da vista dele? A verdade é que, apesar do inconfessável prazer que a destruição provoca — é bom saber que um simples movimento do nosso braço produz ruínas instantâneas em volta —, eu quero bem à minha família. Por exemplo: após a surpresa inicial, fiquei feliz em saber que Margarida está muito, mas muito melhor, física e mentalmente. Até ao cinema ela tem ido, com o filho! As dores (mentais) desapareceram, ao que tudo indica; e ela tem mostrado (ou desenterrado de décadas atrás) sintomas de vaidade. Não é um bom começo? Minha felicidade contagiou a família. Outro exemplo: o inútil do meu filho resolveu estudar. Claro, com ele nunca se sabe se é puro teatro ou verdade; a experiência me diria que ele está fazendo cena para agradar a mãe, como acontece periodicamente, sempre que ele teme a perda do privilégio de fazer nada, mas a intuição me contradiz: alguma coisa diferente está brotando naquela cabeça vazia. Há espaço sobrando ali para entrar alguma coisa. Quem sabe?

Onde eu estava? Na hora do almoço.

— Telefonaram da Universidade.

— Quem?

— O Otávio.

— Hum.

Continuei a comer. Mais cinco minutos de silêncio. Pálido, meu filho olhava para mim. A Margarida ia e vinha da cozinha. Eu não percebi que a tensão estava alta. Chupava os ossos do frango redigindo mentalmente minha carta de demissão. Ou quem sabe nunca escrevê-la? Ignorar. A Instituição teria de começar o processo por conta própria, movendo lentamente a maquinaria burocrática. Como expulsar um professor? Não é fácil. Há que se provar o abandono de cargo. Alguém tem de rubricar alguma coisa em algum momento, assinar um papel contra o respeitável Professor Doutor Frederico Rennon. Primeiro, telefonar ao maluco (tal filho, tal pai, diriam) para descobrir o que houve. Mas o professor desapareceu. Sumiu. Está nas ilhas gregas com aquela atriz de televisão, lembra? Aquela, que casou dezessete vezes (você sabe, Sara, como esse povo exagera). Pois é. Largou a família e pegou um navio. Bem, antes de mais nada, uma comissão de inquérito, com prazos dilatados. Não há pressa. Abaixo-assinado dos alunos? Muitos deles — esses barbudinhos irresponsáveis — se recusam a assinar, porque afinal de contas o professor (quem diria!) está certo! Ele fez sua própria revolução, está numa boa transando com uma deusa e não mofando nesse hospital reacionário. A juventude estará do meu lado! Quem é contra um homem livre? Se a Instituição quer demiti-lo, que demita, mas sem o nosso aval. Osso de frango na mão, imaginei a cena — o Otávio coçando o resto de cabelo atrás da mesa:

— Mas o que é que esse filho da puta desse Frederico resolveu inventar? O que é que a gente faz com ele? O curso inteiro vai ter de parar por causa de uma atriz e de um velho gagá? Uma licença médica, talvez?

Sob o olhar atento (e assustado) da minha família, comecei a rir, meu amor. Um riso demolidor; uma gargalhada na hora do almoço, o olhar perdido no teto da minha alegria.

Ninguém dizia nada. Mimético, meu filho esboçou um

sorriso idiota, fingindo conhecer as razões secretas da felicidade paterna. Mas minha mulher não ria — imóvel, panela de arroz no ar, ponderava a extensão da loucura. Sim, era isso: esse homem não é mau; é louco.

Engasguei no frango — a risada se afogando na tosse — e corri ao banheiro. Mais calmo, o rosto inchado, vermelho, feliz, o professor Frederico Rennon contemplou o professor Frederico Rennon no espelho e gostou do resultado. Decidi, naquele instante, pela demissão formal. Para evitar constrangimentos, mandaria o pedido pelo correio. De fato, o professor não existe mais; morreu, desapareceu no túnel de vento do passado. O que restou é um nome, um número e a contagem de anos de serviço na ficha do Departamento de Pessoal. Uma ficha limpa, irretocável, brilhante.

Acho que vinte e cinco anos — que agora se completam — é uma pena justa para o meu velho e incompleto crime. Paguei cada dia a minha culpa anônima. Por conta própria, meu amor. Fui meu próprio carcereiro todos esses anos. Eu mesmo me tranquei na cela e joguei a chave bem longe do meu braço. Fiz eu mesmo o trabalho do Estado, economizando uma fortuna do dinheiro público; paguei minha roupa lavada, minhas refeições e o banho de sol no pátio, aos sábados, quando havia sol e quando havia sábados. Preferi a solitária, para evitar tentações, e meu prontuário dirá que fui um modelo de bom comportamento. Tive direito a inúmeras licenças-prêmio.

Estou completamente livre. Deus, se existisse, só seria elogios a meu respeito.

Eu sei o que você está pensando, meu amor. Que eu, hiperbólico, exagero o peso da minha culpa, a teus olhos (provavelmente) nenhuma. Talvez. Mas eu sei o que aconteceu. Eu sei que, por alguns segundos, eu não estava mais me defendendo; não havia necessidade; eu estava matando. Lembra? Você, você que me puxou violentamente dali. Você que me devolveu, não a razão (eu não perdi a cabeça; disso tenho certeza; lúcido, lúcido todo o tempo, e essa é a culpa), mas a inocência. Pelo teu gesto providencial de me arrancar dali, e o teu sangue-frio de jogar a câmera num bueiro em que as águas fétidas corriam borbulhantes sob o asfalto, pelo andar assustado e cauteloso, colado nas paredes (não temos nada com isso), na fuga da passeata dissolvida a tiros, cavalos e cassetetes, você, minha deusa, pintou o cenário da minha inocência. A mulher vulgar, desagradável, falastrona, a feminista *avant la lettre*, a provocante fêmea das reuniões do partido (eu tenho certeza: *todos* compartilhavam a mesma desconfiança com relação a você, minha flor), me pegou pela mão e salvou, digamos, minha vida.

O resto, é claro, era comigo. E eu lembro como o crime compartilhado nos dividiu. Sim, um homem grato por tudo que você fez; mas, no fundo da alma, eu não queria ver você nunca mais na vida. Sem uma palavra, firmamos um pacto de silêncio para o resto de nossos dias. (Você respeita esse pacto até hoje.) E você olhava para mim, na penumbra, comovidamente. Lembro, nítido, o teu olhar nos meus olhos. Você dizia, sem dizer: esse menino idiota, esse seminarista retardado, esse inútil é capaz — foi capaz — de um grande gesto. E era como se eu, desde aquele momento, pertencesse a você, como se eu me tornasse uma criação tua. Mas eu não queria te ver; sequer te amar. Eu preferia que você não existisse; eu não queria levar comigo, para o resto dos dias, a memória da tua presença, da tua mão ríspida no meu braço, da cor da tua pele. Da pior memória — o rosto que matei — eu estava livre, porque a bem dizer eu não vi nada. Eu *sabia*, mas não *via*, o que sempre foi confortável na vida dos homens culpados.

Não era só a questão do Código Penal; era uma torturante dúvida ética no meu projeto de revolução humana, a utopia barbada que pretendia pôr Cristo e Marx compartilhando a mesma mesa: chega-se a algum lugar matando-se alguém? Uma dúvida tão pequeno-burguesa que eu sequer tinha coragem de formulá-la em voz alta. Enquanto isso, já no anonimato de Curitiba, fui descobrindo nas entrelinhas o futuro dos companheiros de partido, esfacelados em trinta facções: fuzilamentos em Santos, desaparecimento na selva, os mais felizes no Chile (por pouco tempo), e assim por diante, um a um desaparecendo no dominó dos anos 70. E eu, sem ar, boca e alma fechadas, listava com rigor acadêmico e apolítico a produção de café e os caminhos da escravidão brasileira no século passado, eivados de curiosidades interessantíssimas. Foram dez, quinze, vinte anos, até que eu desconfiasse vagamente de que a tal Sara Donovan, o sorriso cativante na revista colorida, tinha uma vaga semelhança com... *Mas é ela mesma?* Camaleônica figura, meu amor! Sobrevivemos! Depois de vácuos de esquecimento, você voltava, de cabeça para baixo, até que a organização do Ciclo, nas minhas mãos, foi tomando um rumo inesperado para desembocar na Estrela. Nada consciente, premeditado ou insidioso. Justo o acaso burocrático. Os convites com papel timbrado, as recusas aqui e ali, a área de filosofia se afastando, a de cinema se aproximando, e eis que me vejo, de novo, diante de você no aeroporto, ainda alimentando secretamente a dúvida (e quem sabe o desejo) de que você não fosse você, fosse outra, uma prima talvez — o que permitiria passar a limpo a minha vida em uma outra direção, num papel de fato em branco, sem manchas de memória na superfície acetinada de mim mesmo.

Não! Por favor, minha Estrela! Não pense um segundo só que eu não te queria! Falo em outra dimensão, quando você não era alguém, não em carne e osso, não era uma presença respirante, mas a pura ideia. Quando você era apenas o sonho do eterno retorno. Nos primeiros telefonemas, era como se meu demônio particular procurasse, em cada entrelinha, a prova de que eu estava enganado; a prova de que meu sonho de revisitar a minha vida inteira era uma fantasia maluca; a prova de que é solidamente impossível alguém mudar, de fato, a direção de sua vida. O murmúrio venenoso do demônio: *Viu, professor Rennon? Não é ela. É outra. Aquela está irredimível no poço da memória, com uma pedra de oitenta quilos no pescoço. Nunca mais virá à tona para refazer o percurso obscuro, para completar o caminho que ficou pela metade.*

Era você, Maria, e era outra; uma outra que somente nua se tornou a primeira. E você não me ajuda muito, meu amor. Você não fala uma só palavra. O meu maior desejo, a minha ânsia, o vácuo que me seca, é sentir no ombro, uma vez só que seja, sentir a tua mão crispada me puxando novamente com força dali, em câmara lenta, de modo que eu possa, lúcido, me contemplar e me entender, agora longe, do alto da montanha. Daqui onde estou: firme e seguro. Mas preciso da tua mão me sustentando; eu preciso de você, testemunhando.

E você, o que diz? Nada. Um silêncio tão onipresente que a um tempo me escraviza (não posso virar as costas ao silêncio; ele me exige resposta) e me alucina (é possível que... Não. Não é possível.). O mesmo silêncio dos jornais nos dias subsequentes, o completo silêncio daquelas páginas idílicas retumbando um país imaginário entre receitas culinárias e vastos espaços em branco — ou em preto, aquelas manchas na mão. Um silêncio em parte conveniente, porque meu crime não existia; e em parte (a maior parte) assustador, porque alguém sabe alguma coisa em algum lugar e já tem o mapa preciso dos meus passos encolhidos. Onde andará Maria? Em lugar nenhum, para sempre. Terá falado? O cigarro aceso no bico do seio, eu acordando em meio ao terror. Súbito, um tiro na cabeça e mais um inexistente desaparecimento. Com que ardor acadêmico mergulhei no século passado! Era um desejo físico de me esconder, de me trancar na sala miúda rodeada de livros, o desejo de usar óculos, mudar a cor do cabelo, a estatura do corpo — quanto menor, melhor. A suave volúpia da mediocridade. O cuidado para que meu trabalho se contaminasse de defeitos e de fraquezas visíveis a olho nu, que minhas palavras jamais traíssem os lampejos do meu talento!

Então, Margarida. Então, as promoções. Então, camadas eficientes de esquecimento. Então, os filhos. Então, a rotina insossa, porém eficaz. Então, a surpreendente maturidade do professor Frederico Rennon, dez anos depois, revelando na cerca acadêmica, cada vez mais liberal, mais solta, mais bem-humorada, o seguro historiador que alguns poucos entreviam mas balançavam a cabeça desanimados: ele parece não sair do lugar! Eternamente o ótimo aluno de pós-graduação, mas nunca o grande mestre prometido! Abri as comportas de mim mesmo, eclusa a eclusa, generoso como o presidente Geisel. É claro: sempre restará essa onipresença dos resíduos: eu poderia ser... um Toynbee, talvez, poderia ser alguém de fato, um elegante historiador liberal e transoceânico, cuja matéria-prima tivesse um pouco mais de *appeal*, quem sabe, do que o monótono levantamento do preço do café e da migração de escravos no litoral sul do Brasil. Napoleão, talvez, ou a hierarquia do poder nazista na Segunda Grande Guerra. Não esse desânimo sem graça, essa História Nossa da Carochinha, essa miudeza eternamente fracassada que fomos empurrando com a barriga ao longo de quinhentos anos, não esse insuperável ridículo que nos condena para sempre ao simulacro, ao faz de conta, à *comedia dell'arte*, ao bufonerismo de calça curta ou à prudência caolha, esse gosto doentio pela mentira, esse depósito de trocos mal contados, esse... Chega. Eu não ponho mais os pés lá — ou aqui. Chega. Chega de mim mesmo. O meu tamanho é muito pouco para a minha alma.

O telefone tocou, mas não era você.

Ou então... o outro lado. O adolescente virgem de barba crescida, Teilhard Chardin à direita, Marx à esquerda, estúpido, deixa-se fuzilar pulando um muro roubando uma galinha revolucionária no quintal do paraíso: o cofre do Ademar de Barros ou um saco de dinheiro do Banco do Brasil ou as barbas de um embaixador ou uma caixa de fuzis obsoletos ou...

E ao mesmo tempo que morríamos neste lado, nós, os valores humanistas em meio à barbárie fardada, eles, lá naquele fim de mundo gelado, começaram penosamente a desenterrar as cabeças dos mortos de Stálin, uma a uma, um trabalho interminável, tirando o véu encardido da mais sincera, honesta, bem-intencionada, legítima, justificável, inocente e bem-sucedida conspiração moral de boa parte de duas gerações da melhor inteligência que o Terceiro Mundo produziu. Apenas um acidente conjuntural, superável, do percurso histórico? Não. Simplesmente a barbárie. E nessa corrida, Stálin dispara na reta emparelhando com Hitler, quem sabe ultrapassando-o na finura do método. Uma fotografia na linha de chegada, com a imparcialidade eletrônica, apontaria o focinho mais comprido, mas desgraçadamente os homens não são cavalos.

Quem desenhou o meu futuro?

Eu não quero me angustiar, meu amor, eu não quero nunca mais me angustiar. Nada do que eu vivi me pertence. Sempre estive em outra parte, alhures, habitante de um sonho que demorava a começar, e eu esperando com o ingresso na mão suada. Estou cansado como nunca estive. Pressentimentos — eles são sempre ruins. Esse silêncio, o chão fugindo vagaroso e meu corpo se inclinando, lentamente. Mas não vou perder meu mapa de vista, meu amor. Falta pouco para eu completar as direções da carta. Atravessamos essa breve arrebentação das águas da memória. Diga, claramente, definitivamente: *Você matou aquele homem, mas não teve culpa.* E nunca mais tocaremos no assunto. O assunto deixará de existir — um negativo não revelado exposto à brutalidade do sol. Nada.

Vou arrumar minhas malas, meu amor navegante.

O que fazer com as cartas inacreditáveis que eu lia na tela do computador? Atarantado, pensei em chamar dona Margarida. Cheguei a me erguer da cadeira. Imaginei a sequência, passo a passo: três toques prévios, abro a porta do quarto, ela veria minha palidez, eu faria um sinal assustado, ela se ergueria da cama, os pés procurando os chinelos, e viria atrás de mim inquisitiva — o que esse rapaz está inventando agora? Eu simplesmente apontaria o dedo. Leia. Um modo triunfal de dizer: Está vendo, sua tonta? Defenda agora o general da casa. De que lado, afinal, a senhora está? Não que houvesse qualquer guerra declarada — nunca declaramos guerra, esse o nosso trunfo. Somos um povo de índole pacífica, como (não) diria meu pai, o historiador. Nenhuma guerra. Apenas o fato, simples, cristalino, nu e cru como uma cebola descascada. Porque o futuro estava na porta, uma porta aberta para lugar nenhum, e há que se escolher algum caminho na neblina difusa, o pé não tem tempo de estudar o passo, é o passo que tem o pé, digamos, nas mãos. Nesse limbo, saber alguma coisa é melhor que não saber nada. O fato na tela, palavra a palavra.

Mas não saí do lugar. Talvez temesse que, mesmo em frente da evidência mais acachapante, dona Margarida se recusasse a ver. Talvez lesse uma ou duas linhas e, no exato momento da percepção do desastre, desviasse os olhos — ou o braço — contra mim.

Resolvi estudar melhor a situação. Porque, sempre pensando objetivamente, eu era o dono da situação. O meu olhar estava alguns degraus acima de todos os outros degraus.

Desliguei o computador e saí de casa. Com sorte e passos compridos — nenhum dinheiro no bolso, como sempre — eu chegaria a tempo de investigar o próximo capítulo que o professor Frederico Rennon estava escrevendo com sua estrela particular. Talvez fosse o caso de, finalmente, me aproximar deles — voltava o impulso infantil — e pôr as cartas na mesa. Sim, é isso. Trocando em miúdos, professor, diga logo: o que aconteceu, o que está acontecendo e o que vai acontecer. O senhor sabe perfeitamente que a dona Margarida largou um belo projeto de arquiteta pela metade (nunca foi boa em cálculos, é verdade, mas tem um senso estético mais apurado que o seu, como o senhor mesmo sempre teve a generosidade de reconhecer, como quem dá pipoca a um bichinho de estimação, ele é tão esperto!), desistiu da vida própria (ou da própria vida, se isso não fosse tão drástico levado ao pé da letra, como afinal você levou) e se dedicou diuturnamente a lustrar os talentos do historiador, tão inteligente, mas coitado, incapaz de fritar um ovo. Claro, tudo isso era por pouco tempo: apenas o suficiente para o futuro chegar, é logo ali. Então, uma vez encerradas as atribulações das necessidades passageiras, o sacrifício nosso que dignifica a recompensa, então teríamos... o quê? O que é o bom futuro? Onde ele está? Que forma tem? Então, depois do esforço... depois... então? Que prêmio? Vejamos, objetivos: a) uma viagem de navio às ilhas gregas, com tudo pago, durante, por exemplo, quarenta dias e quarenta noites; b) um carnaval completo na

Bahia, transporte incluído; c) a doce, pura e desinteressada alegria de viver, aspirando o perfume das flores do Jardim Botânico; d) ?

E vocês querem que eu tenha piedade do meu pai? Por quê? Em nome do quê? Devo traí-lo uma última e definitiva vez?

Já próximo da Reitoria, cansado, suado, febril — sentindo levemente na cabeça o toque gelado da peça de platina, um toque sutil, sem dor, quase que apenas uma lembrança, um pequeno alarme amigável, um dedo que aponta discretamente o meu limite, decidi abordar meu pai, e rezei para encontrá-lo. Não era tão tarde ainda. Diria a ele: *Eu sei tudo.* Talvez assim, brutal, eu viesse realmente a saber tudo. É insuportável conviver no escuro. Depois — eu delirava — ele vai agradecer a oportunidade de acender uma luz no nosso pequeno corredor. Haveria um suspiro coletivo de alívio. Afinal, somos todos muito parecidos.

E lá estava ele, dando uma gargalhada de todos os dentes, braços abertos para a roda de ouvintes, que também riam, felizes, daquela certamente inspirada anedota. Como é grande, o meu pai! Uma cabeça acima de todas as outras cabeças, e os braços muito soltos, leves, felizes — o maestro da felicidade, despedindo-se na calçada dos convidados ilustres. Encerrava-se, coroado de êxito, o Ciclo de Literatura e Cinema promovido pelo velho Frederico Rennon (o novo agora sou eu). Mas há algo errado: onde está a Estrela?

Do outro lado da rua, na sombra, sinto a mesma curta agonia que meu pai sente — a mão esquerda sustenta a roda no ar em gestos curtos, ele fala uma coisa mas está dizendo outra (*esperem, não vão embora ainda, é só...*), há um meio sorriso que ele distribui generoso, enquanto a mão direita sente falta da mulher amada, circula no ar simulando alguma ênfase, mas o braço quer sair dali, os dedos estão inquietos naquele súbito vazio e o corpo inteiro do professor se divide em dois, uma metade fixa, pés no chão, a outra metade dúctil, esvoaçante, fugidia, um corpo na água, as palavras avançam díspares, e eu faço exatamente o mesmo percurso do olhar do meu pai, rasgando o espaço entre as cabeças na calçada (a mão esquerda, muda, pede calma, sustentando a roda) até encontrar o que procura; a sete metros, outra gargalhada, esta muito mais luminosa, brilha a Estrela entre quatro admiradoras pasmas que lhe pedem, talvez, autógrafos. A mão direita do Maestro súbita para, a meia altura, feliz, e há um segundo de silêncio naquele concerto secreto — a Estrela também se divide em duas; diz alguma coisa certamente sem importância para o círculo das breves admiradoras, mas seu olhar também rasga o espaço na direção contrária, como um pássaro que pressente — e encontra. Da sombra, eu vivi aquela instantânea suspensão do tempo que, não sei por quê, me arrepiou.

Próximo movimento, batem triunfais os pratos da orquestra e o Maestro volta a dominar a cena, com a alegria orgulhosa de quem venceu um obstáculo difícil, um curto abismo que, por um insignificante erro de cálculo, poria tudo a perder, de uma só vez e para sempre.

Atravessei a rua, determinado e comovido. Vou dizer a ele que...

Mas como meu pai é grande! Alto assim, ele não me vê, e eu estou quase entrando na roda dos convidados, posso ouvir cada palavra daquele discurso bem-humorado e elegante, ele está no ápice da vida dele, reabastecido até a alma por um único olhar, ele está verdadeiramente começando tudo de novo, e para este espetáculo feliz nenhum de nós foi convidado — mudança drástica de cenário, papéis, direção, texto, luz, plateia. Eu chego mais perto, esbarro nos admiradores, sinto que alguém (não ele) me reconhece e abre um espaço tenso para meus passos incertos, chego mesmo a estender o braço, mais dois metros e eu toco o coração do meu pai, mas minha alma não me obedece, o braço se encolhe, eu me encolho atrás, na sombra, minha roupa é escura, eu mesmo me sinto escuro, inapelavelmente infeliz, o intruso — eu não fui convidado, eu não sou convidado, nada, de fato, me pertencia. Esse pleno vazio: não há nada a dizer a ele. Um homem demasiadamente grande — e toda a sequência lógica do meu entendimento, as conclusões cristalinas do que eu devia fazer para interferir no destino, o idiota *eu sei tudo* que inventei na minha febre, tudo se reduziu a nada. Percebi, não humilde, mas com destroçado orgulho, quão poderoso meu pai era. A sua mera presença.

Sem escolha, mudei de tática, dirigindo minha ausência a alguma coisa vulnerável, a Estrela, por exemplo, talvez. Ela também não me vê quando se despede, distraída, já completamente indiferente às suas fãs, e se aproxima em linha reta do professor Rennon, cujo braço ela enlaça, livre. Na passagem, toco ligeiramente nela, sentindo a força discreta do perfume, o perfume de uma mulher excepcionalmente bonita, quase inexistente, como uma fotografia de estúdio — bonita e madura, uma única pera na vitrine. Ambos são excessivos. Há algo obsceno nessa felicidade pública, há algo que dói. Devo esquecê-los?

Volto para minha calçada, a do lado de lá, e tento não pensar em nada sobre nada, um modo de restaurar minha energia, minha vigilância, minha consciência, meu degrau acima. Daqui posso vê-los melhor, posso constatar, na pequena multidão que resiste a se dispersar — no último momento sempre há uma frase que ainda precisa ser dita, um novo sorriso de despedida, uma pequena dúvida, uma indecisão voluntária sobre o que fazer no minuto seguinte, tudo porque ninguém quer ficar, sozinho, súbito em Curitiba à meia-noite de domingo — posso constatar como eles brilham no centro dos vultos anônimos, eles irradiam luz, todos querem compartilhar demoradamente daquela aura, daquele estar-bem que, visto daqui, deste lado da calçada, agride duramente.

Mas o tempo vai enxotando os vultos, vai soltando as rédeas das mãos que ainda tentam se manter grudadas para sempre na mesma despedida, cinco, dez, quinze minutos, e batem as portas dos carros, decidem ainda, aqui e ali, quem vai aonde, no escuro da rua some uma mancha de gente, outra adiante, apagam-se finalmente as luzes da ribalta, o hall da Reitoria, não há mais pipoqueiros nem curiosos. Restam somente os dois, extraordinariamente felizes no escuro da calçada. Tanto tempo — posso quase ouvir os sussurros — eles se beijam e se abraçam e se contemplam e se separam para de novo se enlaçarem na luz difusa da rua, um ou outro facho de automóvel dá um fugaz relevo à estatuária que de volta à sombra não perde o brilho nem contorno. Contemplo a última cena de um musical da Broadway — daqui, aliviados, confortados, sorridentes, percebemos, de novo, aquilo que afinal nos move a vida inteira: sim, a felicidade é possível. Olhem, vejam! Por que não?

Afinal eles se movem, empurrados pelo tempo. Por falta de melhor projeto, fui atrás, bem atrás desta vez, a ponto de quase perdê-los, perdido que eu estava naquele vazio azedo. Mãos nos bolsos, quase desisti. Eu que fosse cuidar da minha vida, como disse minha mãe. Os pombinhos, nesta última noite, dispensaram prolegômenos, flores, jantares, passeios, arrulhos, cada vez mais rápidos na calçada em direção ao hotel. Uma paixão tão completamente autossuficiente que pouco faltava para eles tirarem a roupa ao ar livre, fazerem amor no banco da praça, que o mundo inteiro soubesse que eles eram felizes. Era monótono, mas fiquei até o fim, esperando que a luz do 602 se acendesse. Quase nada depois ela acendeu.

Voltei para casa.

Carta 20

21/10/93

Estrela:

Estou indo. Estou indo porque preciso dormir. Mudamos também a História, meu amor: Madame Bovary realiza seu sonho e vive feliz para sempre. O dia inteiro, a noite inteira nesta comoção: olhos molhados, alguns curtos pesadelos entre um cochilo e outro na cadeira e súbita a colina amarela — você — se desdobra diante da minha pequenez. Gostei tanto de ouvir a tua voz, o teu sussurro de promessas, e mesmo de ouvir o teu silêncio, o teu respeito ao pacto, quando eu tento abrir a porta do meu antigo armário em busca da tua conivência. Conivência? Esqueço que você é uma atriz, e das integrais. O que não existe, não existirá em cena. E é tão forte o teu silêncio — a tua repentina ausência, como quem mergulha vertiginosamente em nada no espaço sideral da memória — que eu me calo, trêmulo. Eu não digo, mas você ouve o meu medo: Por favor, desconsidere a minha pergunta. Ela não tem importância. Esqueça. Vamos conversar sobre o que de fato interessa. O... futuro. Só por escrito posso me dizer. *Devo* me dizer, porque eu não tenho a tua força, meu amor. E, pensando bem, não é nada. Considere, passo a passo. Você arrancou a câmera da mão dele. Súbito, o canivete automático: clac! Eu agarrei os ombros, e não os braços: por que eu não morri? Ele tinha as mãos livres. Provavelmente ele não era do ramo. Provavelmente, pobre coitado, ele era um Frederico Rennon do lado de lá, sem saber nada do que estava acontecendo, um pequeno, breve e descartável lúmpen da periferia da repressão. De cabeça inexplicavelmente baixa, um prato de cabelo. Um... repórter? Ai, esse frio na espinha, esse vazio no estômago, esse desejo de vômito, o último, o maior de todos, a grande purgação. Eu amo você, Sara Donovan. Quem puxaria um canivete? Um fotógrafo freelance? Um aprendiz de historiador? Nunca. Que idade ele tinha? Quantas milhares de vezes, atravessando o purgatório dos meus vinte e cinco anos de defesa, em geral ao amanhecer, pouco antes de abrir os olhos, eu ouvi aquela sequência (assustada) de cliques, eu imaginei os fotogramas, pela ordem, um a um, em preto e branco, em meio ao som imperial das patas dos cavalos, todos eles, todos nós — e Maria e Frederico na floresta do beco, inconscientemente de mãos dadas, alguma coisa parecida com um coração fechando a garganta — eles vão nos pegar — e eis a primeira imagem. Nós dois colados, na boca da rua, de costas. Então você se volta, procurando o clique que só você ouviu, o rosto projetado, em guarda, o agressivo contorno saliente da boca; eu olho para você, é claro, sem entender — segundo fotograma. Você me puxa e avança, o braço esquerdo (o bom) já a meio caminho, o direito me arrastando — terceiro fotograma. O próximo é o último, tua mão esquerda crispada, no alto, a mão de um profeta em fúria, o xingamento, a mão direita me larga, e finalmente eu compreendo o que acontece. O que eu daria para ver, uma vez só, essas três fotos reais! O que o meu rosto dizia exatamente, assim esmagado pelo tempo? Os outros fotogramas são imaginários, o ponto de vista agora é só meu, uma sequência igualmente vertiginosa. Você arrancou a máquina, que ele praticamente ofereceu, em pânico, como um escudo desajeitado contra o teu braço, cabeça baixa, mas em seguida o brilho do punhal (talvez você não se satisfizesse apenas com a câmara, com as fotos comprometedoras, com a prova do crime; talvez você quisesse mais; talvez você quisesse matá-lo; então o dele era apenas um gesto defensivo?).

Próximo fotograma: você para, braços erguidos, a máquina é um troféu, o tronco recua, felino. E agora é minha a iniciativa: eu puxo você violentamente para trás, você tropeça e cai; a foto mostraria nossa dança assustada ao contrário: eu avançando, você caindo. A penúltima fotografia dos meus olhos: os dois braços esticados nos ombros dele, entre os quais a cabeça pendia, como se ele olhasse para a lâmina da mão e vacilasse um décimo de segundo: devo matá-lo? Ele nunca soube a resposta. Toda a minha força arremessou contra a parede aquele corpo magro, inexplicavelmente leve (você espera erguer do chão um saco de cimento de sessenta quilos; todos os músculos estão atentos ao esforço imaginado; você afasta as pernas, respira fundo, agarra o objeto e o levanta de um golpe: mas é um saco de vento; ridículo, o corpo inteiro se desconcerta num excesso irracional. Você procura no escuro do corredor um degrau inexistente e se apoia sobre nada; a dor da pancada sobe pelas engrenagens dos ossos da perna, inesperadamente prensados. Você avança o braço para o trinco da porta, mas a porta já estava aberta e você tropeça inutilmente para fora), e a cabeça, mal sustentada no pescoço frouxo, a cabeça de um boneco de pano mal costurado, fez uma volta de duzentos e setenta graus, para trás, e se estatelou, agora sim, no cimento real, duro, concreto, estúpido da parede. Naquele exato instante em que o boneco afrouxava todas as costuras e desabava sobre ele mesmo deixando uma estria de sangue bem diante dos meus olhos, para onde você olhava? Para o chão, erguendo-se torta, provavelmente irritada — furiosa — com o rasgão da saia, com a sujeira fedida do beco, com o excesso de fatos desabando na cabeça ao mesmo tempo, com a momentânea perda do controle físico sobre os movimentos da vida. E então — agora eu vejo a cena pelos teus olhos — já quase em pé, talvez esfregando as mãos (atravancadas pela posse da câmera) na saia para tirar a areia, o pó, quem sabe algum lixo viscoso, você viu: aquele idiota continuava martelando a cabeça do homem; não, do boneco; não — *do morto. Esse homem está morto.* Ou: *Esse rapaz está morto.* Diga, minha Estrela Guia: nesse lapso brutal de tempo. A cabeça. A tua, no instante mesmo. Talvez nem tenha havido tempo, aquele mínimo, capaz de gerar sentido. E lá veio aquela bela mão crispada no ar, de novo profética, acompanhando a dança de um corpo urgente que avança, em minha direção, só para me salvar. Desta vez, sou eu que desabo para trás, sob o enforcamento desesperado de uma gola puxada no pescoço, a mão se agarra em qualquer coisa para não me perder no vácuo. Com um toque de fúria, eu sei, talvez de ódio, talvez o desejo de repetir comigo o que eu fiz com o outro. Mas o tempo corria muito mais do que nós — saí cambaleando atrás de você, sob a força da tua mão que me arrastou tenazmente, e lá íamos nós, cavalos, correndo no meio dos cavalos, dos tiros, dos relinchos, das palavras de ordem, anônimos, grandiosos, insurrectos por dez minutos, até que, em outra calçada, o bueiro borbulhante recebeu a câmera. Outra sequência precisa: você para, abaixa-se, larga, confere e continua. Mil pessoas viram, cada uma um pedaço. Onde estão elas agora, para recuperar o instantâneo? Refazer a passeata fracassada, centenas de linhas, passos, biografias e desejos convergindo de todos os lados do espaço para o mesmo fim de tarde, sístole e diástole numa breve concentração e explosão de não mais de trinta minutos, completamente desprovidas de sentido, diria Deus, do alto, vendo a mancha se concentrar e se espalhar nas veias das ruas, irracional no detalhe mas geométrica, mesmo harmoniosa, no todo. E súbito, a chicotada — não, a borracha nas minhas costas, um lanho agudo de máxima dor, pungente; eu parei e gemi, como um cão — acho que foi assim. Você lembra? Você novamente me puxou, desta vez quase levando-me apenas o braço. Você lembra? E então eu me esqueci. E em...

O telefone tocou. Corri feito criança, quase derrubando meu filho, o espantalho do corredor. Mas não era você. Desliguei sem responder. Está tocando de novo. Ele que atenda. Atendeu.

Eu quero voltar para lá, minha Estrela. Cheguei o mais perto que pude. Queria tanto ver o teu filme!

Próximo fotograma: nós dois entrando no apartamento escuro, depois de suar sete andares de escada, também negra. Vejo você abrindo a porta, Maria e Sara são as mesmas, a mesma delicadeza de se inclinar sem pressa, o olhar quase que para o alto enquanto a mão trabalha, a lentidão caprichosa porém eficaz. Como se diz mesmo? Sangue-frio. Mas então, ao contrário do 602, eu estava plantado, idiota, em estado de choque. Não completo, porque a dor do lanho me acordava no inferno. Melhor não pensar; melhor dormir;

melhor morrer. Isso: morrer seria a justa medida para que a simetria de Deus, o desenho geométrico dos homens que se movem não ficasse com uma ponta inquieta sem par correspondente. A porta se abriu. E mais uma vez, com um suspiro, a tua mão esquerda me puxou, impaciente.

— Não acenda a luz — você sussurrou, como se eu fosse capaz de ter alguma ideia ou fazer alguma coisa.

Sigo minha tomografia, corte a corte. Dói, minha Estrela, porque eu só posso ver. Daqui, não há mais nada a fazer. A escuridão foi se abrindo lenta, fotos em branco e preto pouco a pouco, muito pouco, se revelando na retina. Estava muito quente. Você se jogou no chão da sala, pernas abertas, braços abertos, olhos abertos (eu via o brilho), e respirou fundo, várias vezes, a curva do abdômen subindo e descendo vagarosamente, quase com a frieza de um exercício de palco, o aquecimento relaxado minutos antes de abrirem as cortinas. Sem dar um passo, fui me encolhendo, desabando e resistindo, sob a força do terror. Você lembra? Não, você olhava o teto escuro e respirava alto. No chão, eu chorei. Parece que mansinho — a contração apertada da alma foi se soltando na garganta, nos olhos, na boca, gases no estômago, soluços no esôfago, a máquina inteira emperrada, a vergonha da dor e a própria dor atravessada no lombo. Apalpei minhas costas atrás do lanho, mas não havia lanho, só dor, uma dor transversal em linha reta. Imitando você, respirei fundo, mas não pude — a pele rasgaria. Gemi.

Em seguida você está sentada no chão, ao meu lado, sem blusa agora, e me abraça colando o rosto — e, se não fosse tão sentimental a imagem, quando todo sentimento, de fato, me era ausente —, colando a alma no meu corpo. Mas eu gemi de dor e você quase riu, abrindo minha camisa botão a botão (senti desespero, frio e refratário como uma pedra assustada), aquela camisa bem-comportada, já precocemente acadêmica, despida de imaginação, cor, diferença, tirando-a de mim com o cuidado e a lentidão com que se tira uma gaze de sangue ressecado de um paciente, depois me dobrando sobre o teu colo, a ponta dos dedos procurando na pele das minhas costas a chaga que não havia, só a dor, a cada toque.

Mais uma vez a sombra da tua mão me levantou pelo braço e eu tremia tanto, eu chocalhava meus ossos e meus dentes tão completamente sem vergonha que você sorriu e cochichou — *sshhh... venha...* — e avançamos na escuridão maior do corredor, eu pensando, virgem, numa coisa, você em outra, e então a repentina luz do banheiro, multiplicada pelo espelho quebrado, ampliava a sensação de completa e desvairada nudez — eu não consegui evitar os teus seios, eles estavam em toda parte, para onde o menino desviasse os olhos, duplos, pacíficos, belos, novos, provavelmente macios, idênticos aos meus olhos, em toda a parte, exceto em você, que me virou de costas e passou o dedo na mancha roxa, um palmo transversal de dor. Você abriu o armário e os seios sumiram num sopro e eu me lembro do líquido refrescante que você passava embebido em algodão. Você lembra? Os fios de gelo desciam nas minhas costas arrepiadas. Tudo era muito lento e — só percebo agora, nesse exato instante em que afinal revelo o filme inteiro, fotograma a fotograma — muito bonito. Mas não era, não há beleza no terror. Sinto um desejo de que tudo aquilo tivesse uma densidade romântica e vital — mas não, no osso da memória não há nenhum heroísmo em coisa alguma, só o peso movediço do terror.

Então, o que você fez, minha índia? Você segurou meu rosto — não para beijar, como eu temia, tremendo — mas para olhar, atentamente, friamente, calculadamente, para olhar cada pedaço do meu rosto e decidir:

— Corte essa barba.

Não era uma ordem; era uma decisão para uso próprio. Você ainda mediu meu rosto uma última vez, apenas para confirmar o que você já sabia, que nada escapasse ao teu olho. Idiota, eu vi você manusear objetos, abrir e fechar aos socos uma gavetinha (tudo era encrencado ali), depois outra, depois uma bisnaga com pasta branca, e você esfregou isso com aquilo, abriu e fechou a torneira que pingava o tempo todo, e virou meu rosto com rápida delicadeza, para a direita, para a esquerda, os olhos viam um objeto, e com um sorriso me empapou a face de espuma. Nós dois em pé. Um trabalho meticuloso. Eu era mais alto, de modo que você se erguia na ponta dos dedos descalços, mordendo suavemente a língua no cantinho da boca, mão direita segurando meu queixo ainda arredio, a esquerda passando a lâmina, de cima para baixo, abrindo faixas de pele branca que eu não podia ver, porque estava de costas para o espelho. Foi bom aquilo; foi uma suspensão do tempo; eu não tremia mais. Em nenhum outro momento da vida — nem nas últimas noites em Curitiba — você me olhou assim tão atentamente, detalhe a detalhe, enquanto ouvíamos o raspar da lâmina na minha barba ralíssima, mais comprida que espessa, antes disfarce que barba. Eu me concentrei na tua respiração, na tua boca entreaberta, na pontinha dos dentes mordendo a língua, desviando-me quase sempre dos teus olhos, meu amor, os teus olhos inevitáveis que quando paravam nos meus não me diziam nada. Eles pensavam sozinhos. Um domínio tão poderoso, minha Estrela. Eu pressentia religiosamente os teus seios nus, subindo e descendo milimétricos ao sabor da respiração e da ponta elástica dos pés também nus. Eu sentia o lanho doer nas costas, em ondas cronometradas ao sabor das batidas agora lentas do coração, e também isso era um breve alívio, um pensar em outra coisa que não em você, na tua absoluta consistência diante do meu terror. No que você pensava? Que filme você viu naquele nosso escuro? A tua mão ia e vinha no meu rosto cada vez mais branco, com o prazer... não, com a satisfação tranquila de quem faz uma tarefa bem feita, sentindo a discreta alegria de quem acerta na primeira vez o que parecia a princípio tão difícil e complicado: suprimir uma barba, mudar um rosto.

Mas aquele ritual minimalista estava chegando ao fim — os teus dedos empurraram meu queixo para cima, eu olhava aquelas manchas negras de mofo na ruína do teto e sentia a lâmina agora seca levando os últimos fios da minha garganta... Senti medo de engolir a saliva, imaginando o sangue escorrer de um corte invisível, limpo, finíssimo, exato, e parecia que eu ia me afogar se aquilo demorasse muito, e, ao mesmo tempo, eu queria voltar a te ver, para sempre congelada no moto-perpétuo das tuas mãos no meu rosto. Você ainda contemplou — é, *contemplou* — uma última vez o aparelho sujo de pelo e espuma, com curiosa estranheza, antes de abrir a torneira da pia já entupida e me estender a toalha também suja. Você não saía do lugar, de modo que a cada avanço do teu corpo eu recuava para evitar o toque da tua pele, afinal inevitável, na minha pele fria.

Outro fotograma, nítido: eu enxuguei o rosto mas não me virei para me ver no espelho quebrado. Nem pensei nisso. Minha cabeça de novo obedeceu ao toque dos teus dedos, sob o comando dos teus olhos, que se moviam como quem encaixa cuidadosamente uma porcelana num apoio precário. Você parecia satisfeita. Agora me ocorre, e apenas agora, que também você se ocupava tão metodicamente assim só para não pensar. A sucessão de gestos, as mãos ocupadas, o roteiro miúdo do que temos a fazer nos próximos vinte, trinta minutos, passo a passo, é a mais poderosa forma de amnésia, de efeito instantâneo, passageiro porém eficaz, porque enquanto isso o corpo se prepara para receber de novo a desconfortável, mal embalada carga de fatos passados, todos os mortos-vivos da memória sobre os quais não há mais nada a fazer. Só ver o filme de novo, sempre pronto a recomeçar ao menor sinal de paz. Há alguns seres abençoados que se ocupam sistemáticos ao longo de décadas, tudo para não lembrar, e conseguem. Talvez você seja — você é — uma dessas raras entidades. E você se ocupou com talento na tarefa difícil de ser outras pessoas, sempre outras, com outras memórias, todas manipuláveis sob a luz do gesto em cena. Talvez assim eu possa entender você e o teu silêncio bem-humorado.

E os cabelos? — você se perguntou sem falar, sentindo a textura dos meus, os dedos macios na minha nuca primeiro encolhida, depois arrepiada. Havia uma fresta de humor nos teus olhos: você já estava completamente distraída, como nas reuniões do aparelho — quando muito chatas, isto é, quase sempre, você abria a caixa de fósforos e contava os palitos um a um, fazendo conjuntos de cinco, para depois colocá-los na caixa, esvaziá-la de novo e recomeçar, com um palito a menos, porque você invariavelmente acendia outro cigarro, e não presta colocar fósforo queimado na caixa. Você descobria o prazer de brincar um pouco com a minha timidez, com a brutalidade da minha timidez. Outra gaveta penosamente aberta e eis você de tesoura na mão esquerda, pente na mão direita, sorrindo — e eu sério, suando de calor e medo. Você colocou minha face diante do espelho quebrado e havia dois Fredericos tortos, às vezes um engolindo o outro na rachadura vertical — e pela primeira vez pensei nos meus cabelos, que do corte seminarista passavam ao descuido revolucionário de quem nunca perdeu tempo com eles, com tantas urgências no mundo. Tic, tic, tic-tic. Tic. Tic-tic-tic. Lá ia você contornando minha orelha, minha nuca, minha outra orelha, minha testa, minhas têmporas, pondo uma ordem ligeira nos meus volumes — e eu pensando em como seria útil sugerir uma folha de jornal para que a pia não se entupisse para sempre, mas fiquei calado. Vá dizer ao Picasso — não, ao Miró — que ele não deve sujar o chão de tinta. Você lembra? Eu me deixei infantilizar nas tuas mãos cuidadosas e divertidas: você gostava do que estava fazendo, você sentia prazer em me investigar, você, cinco anos mais nova, era incomparavelmente mais adulta que eu, e mais curiosa também. Os teus olhos viam tudo: quem eu fui, quem eu estava sendo, quem eu seria. Em qualquer caso, a sombra dos acontecimentos do dia era demasiado pesada, e o tempo continuava nos arrastando pela mão. Afinal você terminou, como quem não quer terminar — sempre havia uma pontinha aqui ou ali a ser decepada, que se adaptasse à nova ordem das coisas. E eu, pálido, voltei a lembrar que você estava de seios nus, sempre idênticos aos meus olhos, quando você largou a tesoura e pente e sorriso e se abraçou em mim, vagarosa, e eu, tentando liberar os arames da alma, correspondi duro e burro ao teu abraço, e ambos quedamos pensando, digamos, na vida. Então a cabeça morta voltou e eu te abracei com mais força, não de carinho, mas de disfarce, porque estava muito difícil para mim ficar em pé. Você lembra? Fui escorregando suado na tua pele também suada mas antes que eu chegasse definitivamente ao chão, pernas moles, desobedientes, você me arrastou (agora sim, preocupada) de volta à sala sem luz, onde me larguei no chão. Para distrair, você trouxe de algum lugar uns óculos escuros, colocou nos meus olhos — que definitivamente não viam mais nada — e riu. Em nenhum instante você se desviou do rumo lógico das coisas, por mais ridícula e disparatada que fosse a lógica:

— Ninguém vai te reconhecer.

Depois — não sei se muito ou pouco depois — você se insinuou, me beijou, me acariciou, mas também aquilo fazia parte de um método, uma espécie de remédio necessário que talvez curasse o desespero de uma noite comprida, que talvez nos fizesse bem. Só você pode dizer. (Você vai dizer?) Eu continuava vendo a mesma cabeça morta, em interregnos de sono e escuridão — e logo ali, a dois metros, a curva ressonante do teu seio na sombra, um brilho de dentes na boca entreaberta, o sussurro da respiração. Minha índia dorme! Vendo você, sonhei em dirigir cinema, em te eternizar em preto e branco no susto da noite, mas também isso foi devorado pelo terror. Provavelmente foi o meu único instante verdadeiramente afetivo que vivi naquele inferno. Acordei com você em pé, me estendendo os óculos e a camisa. Assim, sem banho nem nada. Segurei um osso na garganta: choro. Na porta, você praticamente me empurrando, eu perguntei, apenas o desespero inútil de quem tem de ficar sozinho e está com mais medo ainda, uma pergunta sem nenhum sentido:

— De quem é esse apartamento?

E você disse:

— Desapareça.

Você vacilou um segundo, como quem se arrepende de uma (talvez) brutalidade, e me beijou os lábios, rápida —

uma formalidade de despedida de quem vai se reencontrar à noite, ou amanhã. Eu, estúpido, continuava não entendendo nada — ainda remoía o significado da palavra que tinha ouvido, e quando entendi a porta já estava fechada. Só consegui abri-la há um mês, no aeroporto, quando minha Estrela brilhou de novo para — estou sentimental, meu amor, mas que fazer, se é verdade? — para iluminar o meu caminho.

Peguei um ônibus azul (lembro da cor), acho que Copacabana-Olaria, e desembarquei na rodoviária, tão cheio de mim mesmo (em todos os sentidos) que imaginava meu fim — um tiro na testa — a cada carro de polícia que eu via, e não eram poucos naquela manhã. Em Curitiba, fingi não entender a surpresa, dois dias depois, quando um colega me entregou a mochila esquecida no alojamento, excitado com as emoções do desastre político:

— O que houve com você? Cortou a barba? Foi preso?

— Quase. E não quero mais saber dessa porra. — Peguei a mochila. — Obrigado.

Assim, o disciplinado companheiro Frederico Rennon, um de nossos melhores quadros entre os jovens, deu uma guinada suspeita, inexplicável, não exatamente para a direita, mas para lugar nenhum. O que lhe rendeu — ou estou exagerando minha taxa de participação histórica? — alguns pontinhos psicológicos, digamos, na ascensão acadêmica, ao mesmo tempo que uma fria distância dos velhos camaradas, que foram se espalhando e se perdendo na diáspora dos anos 70. Há pouco tempo, quando o governo abriu ao público os arquivos da polícia política, não pude controlar a sensação ruim, incompleta, desagradável, ao saber que eu nunca existi. Nada. Nem uma linha em algum arquivo alheio, do tipo *Compareceram à reunião subversiva Fulano, Beltrano, Sicrano e*

Frederico de Tal. Nem uma cabeça perdida na sombra da última fila de uma fotografia em preto e branco. E no entanto... E no entanto o quê, meu amor? O que sei eu? Nada. Você pode me dizer; você não se afastou do palco; mas você não fala. Passei ainda uma semana lendo jornais do Rio atrás de uma cabeça morta. Nada. (Até hoje continuo me perguntando: de quem era aquele apartamento?) E então me esqueci, quase definitivamente.

Ufa! Consegui, minha Estrela — o velho travado conseguiu recompor boa parte do filme juntando os pedaços que sobraram. Era isso que eu queria dizer. Vou tentar dormir agora. Melodramático: vou tentar dormir pela primeira vez. Preciso até devolver o beijo que ficou pela metade no susto da porta aberta: *desapareça*.

Vou levar essa carta comigo. No momento certo entrego a você. Melhor: eu leio em voz alta, pausadamente, e você vai preenchendo os vazios, corrigindo os lapsos, passando a limpo nossa memória.

DEMIS.DOC
— razões (??)
Curitiba,
Ao Chefe do Dep. etc.......

FREDERICO AUGUSTO RENNON, Professor Titular etc. etc. etc., Reg. no DP sob o núm. etc. etc.... (consult. reg.)
VEM mui respeitosamente, etc, etc....
TENDO EM VISTA, etc... por força da Resolução Tal do Con. Un. etc, apresentar seu pedido de d., etc.
Sem mais para o momento, subscrevo-me etc. etc.

E nunca mais tive notícia do professor Frederico Rennon — mas, infelizmente, isso é antes um desejo que uma verdade.

No dia 30 de outubro, sábado, meu pai desapareceu. Quer dizer, não notamos imediatamente, porque ao longo da semana ele já vinha desaparecendo todos os dias, aos pedaços: ausente num almoço, depois a luz apagada no escritório quando devia estar acesa, uma gravata esquecida no sofá durante quarenta e oito horas, um arrastar de chinelos às quatro horas da madrugada, uma outra qualidade de silêncio, muito mais minucioso, ocupando os espaços da casa, uma porta aberta, farelos na cozinha antes do café da manhã — fui anotando na memória os sinais do fim. Só dormia, quando dormia, depois que dona Margarida se levantava. Cresceu subitamente o número de telefonemas, e eu já sabia a sequência do que dizer: Não está. Não sei. Será dado o recado.

E no sábado, os avisos já eram tantos, em todas as partes da casa, estavam tão brutalmente escancarados — até mesmo a ausência de uma mala pequena no armário da despensa, cuja porta ficou aberta, como mais um deliberado sinal naquele Jogo dos Sete Erros — que nem mesmo dona Margarida conseguia mais acreditar que a Terra era quadrada, chata, e sustentada por dez elefantes no espaço finito. Não; a Terra é de fato redonda, gira sobre si mesma e em torno do Sol, descrevendo uma linha curva diabolicamente semelhante todos os anos, apoiada em coisa nenhuma. Mesmo assim, levamos tempo para aceitar as evidências. O sétimo erro, que encerrou o jogo, foi o sumiço de algumas (poucas) peças de roupa. Pela porta entreaberta do quarto, vi minha mãe fazendo alguma contagem de cuecas, meias, camisas e calças sobre a cama, em voz alta. Voltei para a sala, pensando. Bem, finalmente tínhamos alguma coisa concreta nas mãos, e, com ela, passei a viver um excitante desamparo. Para me defender, corri ao escritório na esperança de ler mais alguma carta, talvez a última daquela viagem fantástica, daquele sonho alucinante do meu pai — talvez nela ele dispusesse sobre os despojos da família, organizado e meticuloso como sempre foi (para meu filho bem amado, deixo meu relógio de ouro e minha biblioteca; para minha inesquecível esposa, cujas mãos beijo sob a bênção divina, deixo meu eterno amor, minhas abotoaduras de platina e a arca dos tesouros; para minha filha e meu netinho, entrego minha memória, meu guarda-roupa e minha coleção de selos; para... — mas não há mais ninguém nem mais nada a legar). Nem carta, o que descobri vasculhando o computador — só aquele rascunho cifrado da carta de demissão. Encerrava-se a desonesta alegria de — assim que meu pai se evaporava, sempre nos momentos mais implausíveis — correr excitado ao escritório e descobrir o que aquela cabeça dopada andava inventando, e o prazer parece que era ainda maior pelo medo súbito do retorno, o implacável Abraão apontando o dedo para a minha miséria moral (e por pouco não fui condenado à morte numa dessas voltas também inexplicáveis, quando ouvi aqueles passos malucos no corredor, desliguei o computador de um golpe e me vi ao lado da estante consultando um ensebado dicionário de mitologia grega, o coração dando socos tão barulhentos no meu peito que até ele teria ouvido, não estivesse já completamente surdo).

Nada de novo na tela. O espetáculo — e o meu passado — estava próximo do fim. Voltei para a sala e aguardei com paciência que dona Margarida, recontando o espólio do meu pai pela décima vez, afinal se convencesse de que uma página complicada do nosso livro estava sendo definitivamente virada. Mas é difícil crer no óbvio. Lemos e relemos as mesmas frases gastas que já sabemos de cor, buscamos significados esotéricos nas entrelinhas, pensamos em outra coisa enquanto os olhos percorrem inutilmente as mesmas letras, chegamos até a erguer a ponta da página suada e surrada, agora sim! — mas não, quem sabe haja algum aviso secreto que perdemos e que devemos encontrar. Esperei tranquilo que ela se convencesse sozinha. Como diria meu pai, o destino vai nos puxando pela mão, é inútil espernear.

Demorou. Uma hora depois — todo o tempo de orelhas acesas, interrompendo a mastigação saborosa dos sucrilhos com leite sempre que me parecia crescer um choro no quarto, afinal inexistente, a velha é sólida — ela reapareceu, belamente produzida para outra sessão de cinema. Nenhuma palavra. Quer dizer, nenhuma palavra sobre o tema principal de nossas vidas.

— Está passando um filme francês no Bristol. Vamos?

É claro. Estou com minha aliada até a morte. E ela, cada vez mais bonita, mais solta, rigorosamente mais feliz, não está com ninguém. Sou um bom anteparo apenas, e posso continuar sendo esse apoio silencioso por um bom tempo se seguir as regras, o que tenho feito com um toque de fervor quase... (*canino*, eu ia dizer, como se o velho ausente soprasse a palavra) com um toque de fervor. Cumprimos, eu e minha mãe, o belo, silencioso e transbordante ritual de sempre. O tempo, o curto tempo, ia transformando minha mãe. Era como se as sessões de cinema fossem o álibi de que ela precisava para pensar, de fato, na nova vida, sem se ocupar exclusivamente das relações abstratas, estéreis, vazias, que nossa cabeça está sempre pronta a produzir aos borbotões assim que os olhos se desocupam. Chorou ainda uma vez, no escuro, e no dia seguinte — depois, que eu saiba, nunca mais, pelo menos dessa espécie de tristeza.

A casa ficou mais leve. Desfazia-se um mal-entendido, um pequeno engano — alguém sentando na outra mesa do restaurante ao voltar do banheiro e mastigando a lasanha idêntica, sob o olhar espantado do legítimo comensal, que só saiu da cadeira para conversar com um conhecido três metros adiante; alguém nos dirigindo a palavra na rua com uma absurda familiaridade, como se fôssemos o primo dele só porque somos iguais ao primo dele; alguém abrindo a porta do carro bem diante do nosso corpo, que só queria atravessar a rua, dizendo: *Entra aí. Demorei muito? Trouxe o envelope?* — um pequeno engano que, por preguiça, arrastou-se por vinte e cinco anos de rotina. Às vezes não se percebe nunca o engano; passamos a viver na outra casa, a comer a comida alheia, a entrar no carro desconhecido e enriquecer da noite para o dia numa família completamente diferente, muito mais divertida. Ou então, percebemos o erro, mas já é tarde, ninguém mais nos deixará sair, somos tão interessantes! Alguns malucos esperneiam — *Me deixem sair daqui!* — sob a consternação do novo ambiente, o que fazer para curá-lo?, mas não há cura, ninguém mais nos reconhecerá na antiga vida.

Leve, leveza, ar. A casa leve, impregnando-se rapidamente de leveza, de curvas, de brisa, de cor e de sons. Uma semana depois, dona Margarida (não; a Dida) apareceu com meia dúzia de cedês de música popular brasileira. Luminosa. Uma luz até certo ponto agressiva, quase uma representação da luz. Bem, é explicável. No começo é sempre assim. E pela primeira vez em muitos anos minha mãe — a Dida — recebeu uma visita, uma amiga animada de Colégio, casada com um arquiteto que aparentemente, pelo sorriso da mulher, não errou de casa quando era jovem. Como riam as duas! Entravam de mãos dadas na Disneylândia da juventude. Cheguei a ficar com ciúmes daquele matraquear feliz que, de tempos em tempos, eu vigiava em incursões estratégicas do escritório à cozinha. Num único instante — suspendi o gole de leite, bochecha estufada, à escuta — o velhíssimo Rennon entrou na roda.

— Pois você acredita, menina, que eu não sei onde ele anda?

Engoli o leite e perdi o resto. As coisas iam bem. E iam bem também do ponto de vista prático, ou, para usar o jargão do meu pai, no que diz respeito à infraestrutura econômica. Depois daquela semana pesada em que a Instituição ligava de hora em hora para a dona Margarida Rennon atrás do Titular Desaparecido, talvez já com ameaças veladas de consequências sinistras e vergonhosas — expulsão, corte do salário, processo civil, rua da amargura — pelas respostas cada vez mais ríspidas da minha mãe, um *não sei* repetitivo que ia crescendo de volume até bater o telefone — depois veio uma estranha calmaria. Se apurássemos bem o ouvido poderíamos escutar os sussurros da Corporação, decidindo como salvar o futuro — que futuro? — do abominável homem, usando só aquela carta de demissão sem firma reconhecida que eles receberam pelo correio. Salvaram. Também pelo correio (mas isso tempos depois) chegou uma cópia do Diário Oficial da União com a aposentadoria sacramentada, salário integral, mais um montante de dinheiro correspondente a essa ou àquela licença-prêmio ou auxílio-periculosidade, não sei, mas isso minha mãe confirmou no Banco, cuja conta continuava em pé todo segundo dia útil de cada mês.

Vivia de vento, o professor? Não, também não. Descobrimos — na verdade por insistência da Fernanda, para quem a indiferença da minha mãe não faz sentido — que ele vendeu os dois terrenos que tínhamos, alguns dias antes de desaparecer. Alguém (acho que a Fernanda. Deve ser por isso que minha mãe ainda tem algumas reservas com ela, a Fernanda é muito prática e objetiva) soprou que talvez a transação, mesmo um ano depois, não valesse nada e pudesse ser contestada judicialmente. *Por insanidade?*, eu pensei, sem dizer. Não, por falta de assinatura de dona Margarida, mas escarafunchando a papelada no Cartório ela descobriu a cópia da procuração *ad perpetuam*, permitindo vender até a praça Zacarias, se fosse dele e houvesse comprador. A Fernanda ainda achou que o argumento da má-fé poderia... mas o assunto felizmente morreu.

E afinal, onde andava o meu pai, o assassino arrependido?

Nas primeiras semanas, não sei bem por quê, andei comprando alguns jornais de São Paulo e do Rio, com o dinheiro com que a Dida agora me presenteava regularmente pelo meu afinco nos estudos, atrás de notícias da tal estrela. Mas a estrela parecia cadente: eu ia correndo a unha nos elencos das seções de teatro, cinema e televisão e não encontrava Sara Donovan em lugar nenhum. Bem, hoje eu sei que eles tinham dois terrenos para botar fogo antes de trabalhar. De modo que já estávamos felizes e esquecidos — minha mãe lendo *Ana Karenina*, o belo perfil sob a luz do abajur da sala, eu estudando química no escritório, todos respirando a suavidade do ar, quando pensar na vida representava uma atividade alegre e generosa. Os únicos momentos desagradáveis da nossa vida eram os do elevador do prédio, quando mais alguém fazia volume. Por onde andará o professor Rennon?, tão simpático, todos os dias indo para a escola de manhã cedo, voltando à hora do almoço, passando a mão na cabeça das crianças dos vizinhos, comentando com propriedade as agruras do tempo em Curitiba, no mesmo dia chove, faz sol, calor, frio, só falta nevar, é uma barbaridade. Agora, o silêncio. Eu tenho fama de maluco mesmo, e ninguém mais estranha; minha mãe, fama de antipática. De modo que os sorrisos são sempre amarelos. Mas é só fechar a porta do elevador e posso ouvir o desespero das fofocas sobre a nossa Vergonha, O Triste Destino Daquela Pobre Mulher e Seu Filho Abandonado — sem falar na filha, que parece foi assassinada ou sequestrada, não sei bem. Parece que na época saiu alguma coisa no jornal.

Não, minha senhora, está tudo errado. Quem acabou de fato saindo no jornal foi o meu pai, mas levou algum tempo. A primeira notícia veio por absoluto acaso, não em jornal, mas numa retalhada revista de fofocas, que o barbeiro pôs na minha mão pouco antes de aparar meu cabelo. Fui folheando aquele lixo de má vontade — há alguma coisa na cadeira de barbeiro que me lembra campo de concentração, com requintes de crueldade — até que vi numa das páginas multicoloridas... o meu pai. Quer dizer, o assunto era a Estrela; o professor Rennon fazia apenas o papel de papagaio de pirata. Fechei os olhos, suei frio. O velho Frederico Augusto não tinha um lugar mais *notável*, digamos assim, para aparecer? No boletim da Sociedade Brasileira para o Progresso da Ciência, por exemplo, ou assinando algum artigo numa revista de ciência popular, daquelas para crianças inteligentes. Ou poderia ser objeto de uma resenha austera no suplemento cultural de um jornal de São Paulo, sob o título, quem sabe, de *Os ecos da escravidão — caminhos e descaminhos da negritude brasileira nos anos 20*. Virei a página como se aquilo não me dissesse respeito, mas duas folhas adiante voltei atrás — o amor filial é atávico.

Lá estava ele, igualzinho, feliz da vida, um sorriso de desenho animado, de terno e gravata (pelo menos isso) atrás de uma mesa de uma boate badalada. Ao lado, cintilava a Estrela (custei a reconhecer; parecia outra; outro cabelo, outro tom — só os olhos iguais). Ambos brindavam para o fotógrafo, que também captou uma vistosa garrafa de champanhe, em primeiro plano, ligeiramente fora de foco. A Estrela segurava a taça com a mão esquerda, ele, com a direita; estavam visivelmente imóveis, esperando o clique. Uma foto premeditada.

Pior era o texto, de duas ou três linhas. Qualquer coisa assim, se me lembro bem: *A locomotiva Sara Donovan, em merecidas férias, curte as delícias de seu oitavo marido, o elegantésimo historiador Frederico Renom* (sic).

Agora sim, ficava difícil entrar no elevador. Fechei a revista, pensando. As coisas iam tão bem!, e agora... Olhei o espelho. Talvez fosse o caso de pedir ao barbeiro que interrompesse o corte. Estava bom assim, só a metade aparada. Olhando para mim, moicano, ninguém se lembraria da vergonha do meu pai. Mas deixei o tempo fazer o serviço completo — um tempo que se tornava miseravelmente vagaroso, quase vingativo. Levei horas para chegar em casa, da Praça Osório até quase o Jardim Social, em linha reta, avaliando detalhadamente cada rosto que me cruzava ao acaso da rua. O que eles estavam pensando? A platina do cérebro voltou a dar pequenos sinais elétricos de alarme. Passei a respirar fundo, buscando relaxamento — não vou envenenar a nossa vida apenas por uma foto de revista. Quem se importa hoje em dia com isso? Nem o porteiro, que surpreendentemente correu para abrir a porta do elevador (vazio) para mim, com um sorriso quase serviçal:

— Cortou o cabelo?

Nem respondi. Contar à Dida? Claro que não. Já há um bom tempo eu não sofria mais nenhum surto de mostrar a ela nem as cartas do meu pai. Para vingar o quê? Na verdade, o desejo de revelar aquele delírio tinha sido apenas uma tentativa de apresentar solidariedade, de resto completamente desnecessária — minha mãe sabia quem estava do lado dela. Mas eu lia as cartas de novo, quase que diariamente. Sabia já quase todas de memória, a longa sucessão das frases, os parágrafos compridos intercalados por uma ou outra pergunta retórica, aquele ritmo estilizado, os chavões envergonhados do amor, as súbitas elegâncias, aquele senso de humor afrancesado, o prazer do circunlóquio, as enumerações espantadas, as mentiras e omissões, às vezes bem, às vezes mal-intencionadas, os fragmentos de informações aos quais eu tentava dar sentido, fechar o quebra-cabeças, e, por fim, a espantosa revelação do crime, em detalhes, fotograma a fotograma. Fui bebendo, absorvendo fundamente tudo aquilo. O suposto crime era o que mais me tocava. O meu pai é um assassino. É estranho. O que parecia trágico, despertando dardos ressentidos de vingança — com que moral ele reclama de mim? — passava agora a ter apenas graça. Mas não é engraçado, um pai inesperadamente assassino?

Por algumas semanas fantasiei historiar por conta própria toda a derrota (no sentido marítimo do termo, como diria meu pai) daqueles anos que tanto têm fascinado a memória brasileira, e descobrir, no remoinho, de quem era a cabeça esmigalhada por meu pai no beco daquela obscura manifestação de estudantes, propriamente sem data (o ano de 69 é muito vago). Pesquisar, descobrir os amigos de então e entrevistá-los friamente. Mas para isso ele precisa morrer, pensei então. Agora, que estou livre, a ideia já não me parece atraente. Fernanda diz que o assunto é muito batido, e que talvez eu deva me especializar em Filosofia da História. Provavelmente ela tem razão. Confio nela.

Hoje, mais do que minha mãe. Quando cheguei em casa de cabelo cortado, ainda com o brinde do meu pai martelando minha memória, encontrei o bilhete informando que ela tinha saído para renovar a velha carteira de motorista. Ah, a salsicha está na geladeira, tem pão no armário. Dida.

A carteira demorou. Às onze da noite, aproveitando a tarifa reduzida, minha avó desquitada, mãe da minha mãe, telefonou furiosa de Londrina, querendo saber o que era aquilo na revista — eu até ouvia a velha esbofeteando a página com o casal brindando sorridente.

— Não sei, vó.
— Cadê o teu pai?
Vacilei.
— Ele... viajou. Um... um congresso.
— Um o quê?!
— Um congresso. — Pigarro. — Um congresso em São Paulo.
— Pouca vergonha. Chama a tua mãe.
— Ela... ela saiu.
— O quê?!

Que velha chata! Gritei:

— A mãe não está! Só volta amanhã!

Silêncio. Eu ouvia o massacre da página da revista.

— Diz praquela ingrata me ligar urgente.

Senti um inexplicável mal-estar quando minha mãe abriu a porta da sala às duas da manhã, cansada e feliz. Ainda ria sozinha de alguma piada das amigas — presumivelmente vinha de algum jantar, ou festa. Não perguntei, é claro — continuei estudando trigonometria no sofá, sob a minha luz. Preferi não dar o recado. Recado é sempre melhor esquecer.

Mas a foto do professor corria o mundo e certamente chegou à dona Margarida. Eu temia e desejava que isso acontecesse. Temia porque a notícia ia provocar mais sofrimento, não um sofrimento mortal, pessoal e intransferível, mas o sofrimento periférico da vergonha, que é o pior de todos. Minha mãe não merece sentir vergonha. Nem deve, mas os outros, todos os outros de mãos dadas olhando para nós, são poderosos. Eles sabem disso e usam esse poder. Para ser justo, acho que nós também. E desejava que ela visse a foto (como desejava que ela lesse as cartas) por motivos puramente pragmáticos. Aquilo ia acelerar a roda do tempo, desengripar as engrenagens da convivência e de algum modo definir e esclarecer o meu futuro naquele espaço (talvez) provisoriamente vago.

O sofrimento foi imediatamente visível. De um dia para outro dona Margarida resolveu se trancar no quarto, muito mais do que o costumeiro. Choro, nunca ouvi, mas ela só saía de lá uma ou duas vezes por dia, para tomar chazinhos e comer bolachas sem sal. Emagreceu um bom pedaço, sem atender o telefone — que andava tocando bastante atrás da Dida. Por um curtíssimo período de tempo eu fui essa figura esquisita, *o homem da casa,* uma posição desconfortável, porque você não sabe de onde vêm as ordens. Elas estão no ar, silenciosamente à espera de que você as reconheça e não cometa erros. Tentei ser o mais inexistente possível, e acho que deu certo.

Súbito, saindo do escritório, depois de estudar biologia sete horas seguidas, encontrei minha mãe no sofá da sala, a nova Dida, enxuta e caprichada, as pernas maduras se cruzando sob o corte lateral do vestido negro. Ela lia atentamente os classificados de apartamentos, aluguel, venda, permuta, fazendo um círculo de lápis vermelho neste ou naquele anúncio. Fantasiei que não era da casa que ela desejava se livrar, mas do elevador, principalmente da espera do elevador no hall do prédio.

Mudanças! O que, logo após o choque da novidade, não me pareceu tão bom. Que coisa maçante, sair de onde se está! Mas aquilo afinal não durou muito — quatro dias, trinta telefonemas, uma ou outra visita às imobiliárias, algumas contas na ponta do lápis e eu nunca mais vi o caderno de classificados. Pensando bem, por que se livrar de cento e trinta metros quadrados, um ano e meio antes de liquidar a dívida do sistema financeiro, em prestações que representavam a metade da taxa de condomínio? A vergonha é poderosa, mas nem tanto. Continuamos no mesmo lugar, só que muito mais tranquilos. E a felicidade da Dida, depois da pancada em cores e rede nacional, me pareceu muito mais segura, menos extrovertida, digamos assim, menos agressiva, como estava sendo nos primeiros dias de guerra, quando você tem de bater o pé e convencer o mundo, aos gritos, de que você não está nem aí — e ninguém acredita, porque não tem lógica, e os outros percebem o tremor das nossas mãos.

Passado esse contratempo, nova calmaria. E no final de dezembro minhas antenas captaram alguns sinais diferentes no telefone. Advogados. Ouvi duas ou três vezes a palavra *divórcio*, em entonação interrogativa: divórcio? Mais adiante fui adivinhando palavras mais pesadas: processo, indenização, esbulho, talvez legítima defesa. Pensão. Essa eu ouvia em cada copo de leite na cozinha, em ritmos diferentes. Pensão!? Sim, pensão. Ah, pensão. Pensão... A velha pensava e pesava — em silêncio. Hoje eu sei que advogados amigos, indicados pelas amigas, muitas consternadas com seu triste destino, propunham ajudá-la. Ela que tomasse a iniciativa de deslindar o nó que o professor Rennon — sob certos aspectos, convenhamos, o generoso professor Frederico Augusto Rennon — havia deixado para trás com olímpica indiferença. Quem sabe, metódico, organizado e previdente como sempre foi, o professor Frederico Augusto houvesse deixado de propósito a porta entreaberta, no caso de as delícias do paraíso se revelarem meio maçantes: aquelas romãs insossas, aquela chatíssima orquestra de harpas, aquelas mulheres nuas pintadas a óleo por padres da Renascença, o tédio do Éden, o desconforto dos pés descalços no orvalho da relva — que falta faz um velho sapato de cromo alemão!

Mas a bela dona Margarida — *Como você está bem, Dida!*, diziam as amigas, que aumentavam de número — fechou a porta com sete trancas e jogou a chave pela janela. Contracheque na mão nos dias exatos, não havia do que reclamar. E por que envelhecer mais rápido metendo a mão em demandas judiciais e mesquinharias? Minha família sempre viveu a saborosa preguiça do acaso. O tempo é nosso senhor e nosso companheiro, como diria o poeta.

A velha fotografia continuava correndo o mundo — ou quem sabe outra, mais recente, de que nunca tive notícia. Uma semana antes do Natal abri a porta — e lá estava minha irmã Lucila. Pelo meio das minhas pernas forçou caminho um garoto de 4 anos, que correu direto para a estante do som, abriu um cedê dos novos e tentou enfiar o disco em todos os buracos do aparelho, enquanto, pedindo para apanhar, olhava provocante a avó aparvalhada, na dúvida entre salvar a música popular brasileira, bater no neto ou abraçar a filha, que também foi entrando numa completa sem-cerimônia:

— E daí, moçada!? Quer dizer que o velho também se arrancou?

Um choque. Aqui é preciso suspender a cena (dois segundos — tenham paciência) para que vocês percebam objetivamente todas as múltiplas variáveis que a nova peça, sem aviso, colocou na mesa do jogo, que tanto eu como a Dida imaginávamos já sob completo controle. Sistematizando:

1. Uma praga de 4 anos de idade, sem pai e, aparentemente, sem mãe.

2. O primeiro e único netinho.

3. Uma irmã que eu não via há seis anos.

4. Uma filha concreta.

5. A memória de alguém que tinha sido filha durante dezessete anos.

6. O esquecimento de alguém que tinha sido irmã durante quinze anos.

7. Uma moça estranha.

8. Uma mulher feia de propósito.

9. Uma voz familiar, falando um vocabulário estrangeiro.

10. Um espaço, principalmente um espaço que se encolhia tanto que eu sentia a pressão das paredes me esmagando os ombros.

E daí por diante. Ela olhando para mim com um sorriso demasiado, e eu sentindo a eletricidade complicada de duas crianças que competem na neblina agressiva da infância. Ela olhando para minha mãe como quem saiu de casa ontem à tarde e dormiu na casa da amiga. Dona Margarida olhando para ela tentando reconhecer naquele ser desmazelado os traços de uma menina de tranças que não existe mais. O menino olhando para dona Margarida, safado, sorridente e encantador, como quem quer compartilhar com alguém o prazer de ouvir aquele ruído de unhas na superfície do disco brilhante, cheio de arco-íris. A boca aberta de minha mãe estendendo o braço para se apoiar; o sopro de tontura no rosto. O súbito silêncio de Lucila, a rápida desmontagem de cada trecho da face, a instantânea percepção dessa outra realidade, ainda piscando, como quem adapta os olhos à repentina escuridão. A dúvida. A incerteza do próximo passo, entre os meus olhos e os olhos da mãe.

Dois, três segundos. Eu ouvia nitidamente a unha raspando o disco, já sem tanta força, como se até mesmo o menino sentisse o peso — é engraçado, mas me ocorreu neste instante — o peso anglo-saxão daquela família.

Em seguida, o óbvio: mãe e filha se jogaram uma contra a outra num abraço que não terminaria nunca mais, lágrimas escorrendo, a cena final e feliz de um filme edificante para toda a família. Luzes acesas, ficha técnica correndo na tela, levaríamos eternamente na retina aquele quadro dos valores imortais da cristandade. Até mesmo o menino, jogando o disco no chão e tentando separar as pernas das duas almas grudadas e depois, derrotado, se lançando contra mim para me chutar as canelas, até ele fazia parte do cromo.

Eu me tranquei no escritório para pensar, mas não havia nada a pensar. Sem opções, deixei correr, refugiando-me ainda mais furiosamente nos estudos, um modo elegante de marcar as diferenças.

E as diferenças foram fazendo o serviço por conta própria. Nem o amor materno, o maior de todos, resistia incólume àquele acréscimo agressivo de presenças, o pequeno ser selvagem cobrando as injustiças da vida em cada objeto passível de destruição e em cada cabelo que pudesse ser puxado, sempre inesperadamente, como quem nega Pavlov no varejo, mesmo diante do trenzinho elétrico, dos cubos coloridos, do carro de bombeiro a pilha que acendia as luzes e que buzinou estridente por dois dias seguidos até cair da janela (felizmente esmigalhando-se no pátio sem matar ninguém), ou diante das peças de plásticos de montar que entupiam o ralo do banheiro, diante de todo aquele exagero de presentes na melancólica noite de Natal. O amor materno custava a aflorar por inteiro. E minha irmã não ajudava muito, recusando-se teimosamente a ser alguma coisa: a ser a mãe do seu filho, a ser a mulher de seu segundo marido (pelo que entendi, tentavam viver juntos em Porto Alegre, com prolongados períodos de violenta separação), a ser a filha da Dida, a ser minha irmã, a ser propriamente alguém, isto é, alguma personalidade reconhecível por alguns traços estáveis. Aquelas caretas no rosto, que apareciam nos momentos de riso irônico, setenta vezes por hora, diante do batom da minha mãe, diante do meu copo de leite, diante da televisão ligada, diante da ideia de ir ao cinema, diante da sugestão de uma nova blusa, aquelas rugas precoces pareciam o esconderijo de uma alma, uma intenção misteriosa de desaparecer antes mesmo de tomar corpo. E, é claro, recusando-se sempre a ser a filha do professor Frederico Augusto Rennon.

O homem que, afinal, justiça seja feita, trouxe Lucila para casa, não para lamentá-lo, mas para conferir objetivamente o que sobrou. O júbilo do reencontro, já no ano novo, foi dando lugar a algumas reservas mútuas, dela e de minha mãe. Trancado no escritório, eu ouvia o rumorejo prolongado de sussurros na mesa da sala, em que tanto Lucila quanto dona Margarida punham as cartas na mesa. Ou só minha mãe punha as cartas na mesa, porque Lucila não tinha nenhuma, nem cartas, nem mesa. Entre um choro e outro do menino, ouvi nítida a voz subitamente alta de dona Margarida, acompanhada de um soco na mesa:

— Mas ele não morreu ainda! Você tenha respeito!

Nos dias seguintes, o clima de enterro foi passageiramente superado com a notícia de que eu havia sido aprovado no Curso de História da Universidade, em segundo lugar — alguém me ultrapassou por alguns milésimos, não sou mais o mesmo. Recebi um abraço demorado de Lucila, que, talvez assustada com o excesso de emoção, não perdeu o hábito:

— Você sempre foi mesmo o geniozinho da família. Igualzinho o pai!

Dona Margarida voltou a ser a Dida, irradiando luz — e para compensar, salomônica, o que poderia ser entendido como uma injusta preferência materna, ofereceu uma pensão mensal à filha, até que as coisas se esclarecessem definitivamente. Pela primeira vez na vida fui consultado em particular, quase como quem se justifica. Magnânimo, elegante, superior, sugeri uma quantia ainda maior, sonhando secretamente com o vazio que — não Lucila, é claro, afinal é minha irmã — que o pequeno demônio deixaria na casa. Finalmente decidido o lado prático das coisas, as relações se suavizaram, o ar de novo ficou mais leve, até o menino parecia ter alguns vislumbres de civilização, e aquele resto de tensão desapareceu para sempre quando Lucila, atendendo um interurbano, despejou ao marido durante duas horas e quarenta minutos as mais desvairadas juras de amor que eu jamais ouvi na vida, de dar inveja ao professor nos seus melhores dias, juras torrenciais, deselegantes, de um exagero primitivo, quase acovardado, sem-vergonha, a verborragia desengonçada de quem não tem prática, mas tão intensa que acabou explodindo em choro, um choro feliz, esparramado, deliberadamente indiscreto, às vezes aos gritos — *eu amo você, paixão da minha vida!* — e era como se nós, inquietos no espaço curto da sala, fôssemos o destinatário daquela felicidade bruta, como se o telefone fosse apenas um outro esconderijo infantil dos sentimentos.

Três dias depois, a casa voltava ao seu silêncio agradável. Nas semanas subsequentes, era um conforto descobrir sob a cama, no armário do banheiro, na gaveta da geladeira, um ou outro pedaço de brinquedo esquecido, sinais de uma tormenta passada mas que felizmente não deixava vítimas.

Mas as coisas só se esclareceram de uma vez — volto agora ao assunto principal — quando minha mãe foi acordada às três horas da manhã por um telefonema. O rosto dela ao receber a notícia, uma imagem que não vou esquecer quando, ainda tonto de sono, abri a porta da sala, tinha o peso absoluto que só os fatos definitivos — agora sim, definitivos — podem revelar. Ela suavizou o impacto da notícia com um suspiro prolongado, e desligou o telefone enquanto a outra voz falava sozinha. Minha mãe olhava para a parede.

Felizmente, o impacto se diluiu com rapidez. No enterro, fomos minha mãe, uma amiga com o marido, e eu. E Fernanda, é claro, minha primeira (e provavelmente) única namorada, colega de curso, que em uma semana me conquistou, seguindo-me por toda parte e até me levando em casa em longas caminhadas, como se ela fosse o caçador e eu a presa (ela acha graça, mas foi isso mesmo...). Não parece, mas também sou capaz de me apaixonar.

Quando estávamos voltando, passos lentos entre os outros túmulos, chegaram três professores da Universidade, ofegantes. Eles haviam errado de cemitério, e as desculpas atrapalhadas pelo atraso calharam bem, porque dispensaram o desconforto natural do objeto do encontro. É inútil fingir; não fomos educados para lidar com a morte. Em três minutos não estavam mais lá, e isso também foi bom. Não houve nenhuma explosão de choro — acho que já estávamos bem preparados.

Aconteceu assim: sozinho no quarto de um hotel em São Paulo, meu pai escreveu uma palavra num bloco de papel da mesinha de centro, uma palavra que sobrou de várias frases completamente riscadas, com força, foi até a janela (décimo andar) e se jogou. Segundo os jornais, uma testemunha chegou a vê-lo sentado no parapeito, durante alguns segundos, antes do voo — mas é possível que ele já estivesse ali há vários minutos no momento em que foi visto. Esses são os fatos. Um historiador não deve se manifestar sobre o que não sabe, mas eu me atrevo a especular uma hipótese sobre esses últimos instantes. Ele quis escrever alguma coisa substancial, mas nada mais tinha substância. Largou as frases avulsas pelo meio, olhou para a janela e, como uma inexplicável distração, abriu a porta do frigobar sem nenhum objetivo, como alguém que acorda de madrugada e vai sonâmbulo à cozinha abrir a geladeira para fechá-la em seguida, inútil. Dali foi à janela, debruçou-se e aspirou, pulmões plenos, a inigualável vertigem da altura. É possível que tenha começado a erguer a perna do capítulo derradeiro, mas, como quem se lembra no último minuto de um compromisso importante, voltou à mesinha e riscou furiosamente as frases avulsas. Olhou de novo o quadrado da janela, o convite metafísico, mordendo a ponta da caneta. Falta ainda uma coisinha insignificante, um cisco, ele não sabe exatamente o que é; não saberá nunca, mas ainda tenta. Ou não; desiste. Bem, mais por hábito, o desejo de deixar uma pegada no escuro, qualquer uma, escreveu a palavra pensando já em outra coisa, o futuro imediato, para onde ele foi, largando a caneta no chão, como quem se lança irresistivelmente num túnel de vácuo. Sentado no parapeito, posso vê-lo conferindo a terra distante, o perfil da piscina abandonada do Hotel, as cadeiras e as mesas brancas brilhando pequenas no escuro, certificando-se (disso tenho certeza absoluta) detalhadamente de que não há ninguém mais no seu caminho, que a viagem será só dele e de mais nada — e este mesmo ato de inclinar-se para conferir levou-o, finalmente, ao espaço.

Os jornais foram inicialmente discretos, ninguém entendendo exatamente o que significava aquilo mas respeitando a relativa importância do historiador em algumas faixas do mundo acadêmico. Além disso, o exame toxicológico não indicou nada que pudesse ser notícia. Depois, da página do necrológio o professor pulou, ainda tímido, aos cadernos de cultura. Apareceram duas ou três resenhas retrospectivas de seu trabalho, e até então o máximo que se sabia de sua vida particular (isto é, não se sabia) era que ele havia se divorciado recentemente da mulher, Margarida da Silva Rennon, 43 anos — a mesma que em momento algum deu qualquer informação substancial ou verdadeira aos jornalistas que telefonaram durante duas semanas. Súbito, de uma coluna social apareceu uma suposta ligação com a Estrela, o que provocou alguns toques marrons da imprensa, e o assunto apimentou-se vertiginoso por mais duas semanas de hipóteses, como vocês certamente já sabem, e até mesmo a última palavra (*acabou*) mereceu uma análise lítero-grafo-psicanalítica numa página ilustrada, em que ausência de ponto final exerceu um papel relevante. Mas infelizmente o *pivô* — conforme eu li — já estava na Europa há mais de um mês quando o meu pai se suicidou. E a declaração enfática, severa, quase ameaçadora, de um advogado ilustre, esclarecendo de uma vez por todas que a atriz Sara Donovan e o professor Frederico Augusto Rennon tinham tido, de fato, um *affair* passageiro, uma simples amizade colorida há muito completamente encerrada, em paz e de comum acordo, encerrou, agora sim, as especulações e o interesse público.

Mas que rastro ficou!

Tanto, que minha mãe voltou aos classificados, desta vez de outra cidade, mas também isso foi passageiro, na ponta do lápis. Para não assinalar apenas o lado negativo das coisas, lembro que o Conselho da Universidade promoveu uma sessão solene em homenagem póstuma ao professor, à qual fomos convidados e, na verdade mais por timidez, não comparecemos. Mas está lá, registrado em ata.

Pensei que era o momento, como quem definitivamente passa a limpo a própria vida, de mostrar as cartas à minha mãe. A Fernanda concordou. Realizei enfim o tão ensaiado gesto de apontar a tela do computador. Ela leu duas, três linhas, e disse, sem nenhuma entonação especial, quase um tédio:

— Apague isso, meu filho. Apague tudo.

Obedeci, depois de tirar cópia. E o rastro nacional que o meu pai deixou acabou se revelando útil, agora que eu e Fernanda pretendemos viver juntos. Ela teve a ideia de publicar as cartas, devidamente comentadas, e redigiu uma proposta profissional de edição que enviamos a várias editoras. Deu certo, e já fechamos contrato com uma delas, por um dinheiro razoável — o que, para nós, vai significar um bom começo. Mas não é só isso, é claro. A vida de meu pai, muito mais do que a obra acadêmica que ele deixou, que, como ele mesmo sabia, sempre acaba envelhecendo, tem alguns toques instigantes de beleza, de valor literário mesmo. Falem o que falarem, ele foi integralmente um homem do seu tempo, como dizem os biógrafos das pessoas importantes. Torná-lo público, em todas as palavras, talvez seja o melhor serviço que dois historiadores aprendizes, eu e Fernanda, podemos dar como contribuição social. Objetivamente, como queria o velho Rennon.

Bem, eu acho que é isso.

Este livro foi composto na tipografia Slimbach, no corpo 10/15,
e impresso em papel off-white,
no Sistema Cameron da Divisão Gráfica da Distribuidora Record